棣華詩集

徐柏容・徐有守◎合著

臺灣商務印書館 發行

徐柏容(右)與徐有守攝於 2000 年

徐柏容攝於 2000 年

徐有守攝於 1998 年

目錄

徐柏容詩

第一輯

第二輯

目　錄

第三輯

目　錄

徐有守詩

第一輯

目　錄

附錄

序一

徐柏容

在編這本詩集中我寫的這一部分詩的過程中，一位大學同窗文友寄來一篇他回憶我們當年籌辦《文藝新地》月刊的文章，談到一九四二年我在江西戰時省會泰和主持省會文藝界詩人節紀念會的事。在那次紀念會上，我作了主題報告〈屈原的詩和屈原的愛國思想〉。戰時陪都重慶文化界，以農曆五月初五端午節是紀念詩人屈原的節日（雖然詩人如聞一多別有見解），便公定這天為詩人節，每年舉行隆重的紀念活動。我主持了江西省會幾屆詩人節的紀念會，直到一九四六年在南昌青年會主持過那一屆詩人節紀念會後離開江西為止。

這是因為我從小就熱衷於新詩的緣故。抗日戰爭前在南昌讀天后宮小學高小時，記得是讀到劉大白歌謠體新詩〈賣布謠〉後，就對新詩產生了興趣，並且模仿它寫作文課業了。這自然說不上我已經在做詩了。但那篇模仿的作文，不僅得到高分，好像還被推薦到南昌報紙的兒童副刊上發表。這更助長了我對新詩的興趣，後來也就真的寫起詩來了。一九四二年我剛二十歲，還在讀大學，主持江西省會文藝界的詩人節紀念會，還做了什麼主題報告，人未以為狂妄，自己也不以為僭越，如今回想起來，卻不禁為之汗顏不已，只能以「少年心事當拏雲」（李賀：〈致酒行〉）來自嘲自解了。

那時候人們許我以詩人的桂冠，自己也儼然以詩人自居了。

我正式寫詩並發表詩，大致是在三十年代後半，也就是在抗日戰爭開始後。抗戰的熱情更激發了我的詩情。第一次主持詩人節紀念會前後是我最熱衷於詩創作時期，幾乎無日不在吟哦。這種情況，大概以後只有一九四六年夏秋在廬山那段時間庶幾近之。寫得最少的是「文化大革命」時期，可說是完全擱筆了。原因麼？那是眾所周知的，毋容我說。在只有八個「樣板戲」時代，擱筆的又豈僅是我？

就是在「文化大革命」之前的十幾年裡，我也寫得不多。主要是因為所從事的編輯工作實在太忙了，很少餘暇及於詩的寫作；不過倒也一直未曾中輟。對詩和對散文都是如此。只是由於種種原因，往往連送出去發表的勇氣都不大，有的詩寫過後就放在一邊。《三國志》裴松之注引《典略》說：「雖未藏之名山，將以傳之同好。」我是只有其前半句之行，而並無其後半句之心。不過倒也還沒有真拿它們去覆瓿，而只是「棄捐篋笥中」（〈怨歌行〉）。雖然沒有全部保存下來，但是還讓我可以選出若干首編入這本集子裡，為這一時期詩作稍壯其觀。「文化大革命」後，從寫作來說，是我的又一高峰期。特別是離休後的近十年來，總共寫了有二百多萬字，不過十之八、九，都是專業學術著作。如關於編輯學、書評學方面的；其餘的也多是散文、隨筆。詩的數量雖少而又少，但興之所至，不時仍有吟詠。這說明我對詩歌女神繆斯（Muses）不僅從未忘情，而且可說是一往情深、至老不渝。這些年寫詩的數量少了，與其說是對她的情感淡了，不如說是對她多了份敬意，不願隨便輕慢褻瀆她了。

也許是出於同一心情，我已出版的十幾部著作中，除有一本散文詩外，卻沒有一部詩集。雖然有的新詩大辭典之類典籍中，還未忘記將我列作詩人；自己卻不敢再大模大樣對詩人之稱居之不疑了。這也許是由於我早已並非少年了，或者也已不像少年時那樣在乎「此身合為詩人未」（陸游：〈劍門道中遇微雨〉）了的緣故。但更多的也許還是這些年寫詩的確不多罷。

雖然說我對詩歌是一往情深、至老不渝並不為過，但如果更準確一點說，我情之獨鍾的只是抒情詩，所鍾情的女神只是九位繆斯中的那位專司抒情詩的女神埃拉托（Erato）。我幾十年來所寫的詩，幾乎全都是抒情詩。而且不僅喜愛抒情詩，也喜愛抒情散文。在我看來，詩與散文都是抒情的搖籃。美學家朱光潛先生在他對話體的〈詩與散文〉一文中假秦、魯、褚、孟四人之口，說了四種不盡相同的詩與散文觀。我則以為，作為抒情的方式，詩與散文是難以找到什麼精確的標準來加以劃分的。這和英國作家默里（Middleton Murry）說的詩和散文二者可交相替代的意見是接近的。我的鍾情於抒情詩，與鍾情於抒情散文是統一的，是包括了抒情散文在內而言的。朱光潛先生文中魯先生認為：「詩宜於抒情遣興，散文宜於狀物敘事說理。」我則認為，詩和散文都是宜於「抒情遣興」的。雖然散文或許較詩更為適宜於「狀物敘事」與「說理」，但這也只不過表明散文適用的題材範圍，可能比詩更廣，而並不表明可以作為區分詩與散文的精確標準。

幾十年來，我寫詩也寫散文，不但所寫的詩都是抒情詩，所寫的散文也都是抒情散文，包括狀物敘事的抒情散文。這不是說我只寫抒情散文而不寫別的，我也寫專門「狀物敘事」

而不抒情或基本不抒情的東西，以至「説理」的東西，還寫與韻文對舉也曾被人包括在散文裡面的論文，但我卻只稱它們為隨筆、小品、雜文、論著等等。這也許未必符合學院講義裡所説的，卻反映了我對埃拉托的偏愛。

也許正是由於這緣故，四十年代初我最熱衷於寫詩時，也十分熱衷於寫散文詩。有人以為散文詩是類似於蝙蝠的東西，或者説得更客氣一點，是溝通詩與散文的一座橋樑。照我看來，抒情詩也好，散文詩也好，抒情散文也好，它們的靈魂都在於抒情，或者説都要有詩意。從這點説來，它們本就是相通的，並非三者中二者有天塹相阻而需要另一座橋樑為之溝通。同樣，這也許未必符合學院教材裡説的，卻也反映了我對埃拉托的偏愛。

當然，我也不認為詩、散文詩、抒情散文完全是一回事。這體現在我選擇用這三種不同的形式來表現不同的內容，或者説，對不同內容我會在這三種形式中選擇一種最適當的形式把它寫出來。

在選擇用詩的形式把心中的話寫出來時，我也有時選擇自由體，或押腳韻，或根本不押韻；有時選擇格律體——我主要寫的是商籟體（sonnet），或伊麗莎白體，或波特拉克體。也是視何種形式更適合於內容而定，並不拘泥於一格。即使在用格律體時，偶或也不乏靈活性。因為格律不應成為詩的牢籠，正如朱光潛先生説的：「詩有固定的模型做基礎，從整齊中求變化，從束縛中求自由，變化的方式於是層出不窮。」（〈給一位寫新詩的朋友〉）

所以，我從年輕到年老時，對詩的形式，可説都是或自由體或格律體，或押韻或不押韻，兼收並蓄，而不以此否定彼，或以彼排斥此。大體説來，我覺得自由體（包括押韻或不押韻）比較更適合於抒寫奔放熱烈感情，而格律體則比較更適合於抒寫含蓄深沉的感情。各有其長，各有所宜。我也大體是根據所抒不同之情而採取不同形式來表現。我年輕時，正值抗日戰爭期間，就個人言，就時代言，都是處於熱血沸騰之際，所以，自由體就寫得多些，格律體寫得很少。相反，到年老時，格律體相對說來就寫得多些。但無論年輕還是年老時，我都對自由體與格律體、有韻與無韻一視同仁，而無軒輊厚薄之分。

由於歷經戰亂以及「文化大革命」這樣的動亂，我歷年保存下來發表過的詩文，就不僅是喪失泰半而是喪失殆盡了。雖然那也許只是些並無傳世價值的東西，但以「敝帚自珍」的心理來看，總不免感到很是惋惜。何況，像寫於抗日戰爭期間之作，多少還如俞元桂教授在他主編的《中國現代散文史》中談到我和我的作品時說的：「生活在火與血的時代，……懷抱『為祖國而戰鬥』的崇高意念，把『個人的笑個人的淚』消融於『祖國的命運裡』，以手中的筆作刀槍，參加反法西斯戰爭，『用戰鬥爭取黎明』……個人的真實感觸和內在追求，體現了欲曙未曙時代人民群眾的思想感情」呢。

在我這部分中，選了不少年輕時的詩作。這只是由於年輕時寫得比後來以至年老時要多得多，而不是以為它們都是佳作。說實話，我有時也不無「悔其少作」的想法。但我又想，實在也沒這個必要。人都是從穿開襠褲長大成人的，都是要經過這個成長過程的。穿開襠褲時的照片，自有穿開襠褲照片的意義，未必就要掖之藏之不敢示人。至少，穿開襠褲時的那份童真，是成人後萬萬不可能再有的。何況，也許多少還真有如上面所引俞教授所說的意義也說不定呢！

我是一直以編輯為職業的。其所以如此，雖然未必是由於我擇業的結果，而更多是客觀條件造成的，但我的確曾為愛好而無償地從事過編輯工作，而且也與對埃拉托的鍾愛有關。三十年代末我就主編過《詩歌與木刻》月刊，稍後又主編過《詩時代》週刊（吉安版）。那都是我在念大學時期。《詩歌與木刻》月刊是與另一位先生共同主編的，後來我藉口太忙主動退出了；《詩時代》是先由覃子豪（他後來在臺灣組織了有名的「藍星詩社」）主編出版上饒版，隨之又由我主編出版吉安版。我在求學與創作的夾縫中還無償地編這些刊物，純粹是出於對詩的愛好。本文開篇說到籌辦的《文藝新地》，雖是一份綜合性文藝刊物，其中也不免有一份出諸對詩包括對散文詩、抒情散文的愛好之心在內。我之做編輯工作，可說是從業餘到職業。最早從事的一個編輯工作，是讀高中時被全校同學選為校刊《抗敵》半月刊的社長、主編。這是一本十六開鉛字排印的綜合性期刊，以宣傳抗日為宗旨，每期約三印張。自然，社長、主編對我也只是一份業餘（課餘）的無償工作。

直到四十年代末為止，我寫詩、散文詩、散文，都從不用本名，而只用筆名。前後用過的筆名當不下十幾二十個，其中用得最多的是「葉金」，以致當時人們只知道我叫葉金，而很少人知道葉金就是徐柏容。五十年代以後，除了在香港發表作品時還偶爾用過葉金之名外，就只用徐柏容本名發表作品了。葉金之名，在大陸就只能見之於各種作品選集，如《中國新文學大系》、《中國抗日戰爭時期大後方文學書系》、《中外散文詩鑒賞大觀》及《中外散文詩名篇大觀》……之類所選我三、四十年代作品了。所以，如今人們也只知道我叫徐柏容，而很少人知道徐柏容曾經是葉金了。倒是俞元桂教授主編的《中國現代散文史》寫到我時，還是以葉金之名為主，然後再道及原名。應該說，這是尊重歷史的史家筆法。

既然幾十年來都不將詩作結集出版，現在為什麼又編輯出版這一本集子呢？拋開客觀原因不說，主要有兩點：一是為了紀念，二是為了「嚶其鳴矣，求其友聲」（《詩・小雅・伐木》），就正於讀者。

本書是兄弟詩選的合集。我們兄弟都年老了，趁編這本詩集，正好可以就各自對詩的歷程作一個回顧。回顧，不僅是對過去的檢討，更是為了前瞻，為了更好地走向未來。我們兄弟兩人，這些年來雖然都寫詩不多了，但似乎都不曾背離更不曾棄絕過詩。我還要寫下去，也還會寫下去。編這本集子，對我個人來說，就不僅是紀念過去與埃拉托的愛的歷程，也是紀念與埃拉托愛的新的開始。也許這個新的開始不會像年輕時那樣如癡如醉，卻可能比年輕時的如癡如醉更沉著、更深邃。

我和三弟兩人都寫詩（其實早逝的二弟也寫詩），可能多少有我對三弟的影響。但也許我們身上都有詩的細胞。且不說祖上，就說我們的父親曰明先生和母親郭韻琴女士，雖然父親是學法律的，畢生服務於法界，母親是家庭婦女，但他們都寫詩。我記得小時候在南昌，就看見過他們二人各有一本用當時大家習用的紅樹山莊紅條格十行紙裝訂成的不薄的詩冊，大半本都已滿是毛筆謄清的舊體詩。可惜由於戰亂，我没能把它們保存下來。父母生有我們兄弟姊妹八人（其中兩個妹妹夭於嬰幼時）；另外，我們還先後有過兩位繼母，前一位是胡夢華女士，很賢慧，對我們兄妹都很好，但不幸不幾年就病逝了，未生子女；另一位廖竹青女士生有妹妹恩榮和正榮二人，所以我們兄弟姊妹共有十人。兄弟三人中，二弟有為也不幸在讀中學時早逝。早年我們三兄弟共同生活在南昌，同吃同住自不消說，而且在讀小學時每天都是同上學同回家，十分友愛。雖然彼此相差不過一、二歲，但他們都很尊重我這個長兄。我在泰和時，得知二弟有為在學校患病，便走了幾十里路連夜趕到學校，把他接到泰和的江西省立醫院治療。由於抗戰時期醫藥條件很差，雖然那是當時江西戰時省會最好的一座醫院，也未能救治我的二弟。我在他身旁眼睜睜地守著他而束手無策，不僅當時心中痛楚莫名，後來我也一直為此自責不已，覺得是我沒有把二弟救活。我至今十分感謝二伯父曰從先生，是他和我一起將二弟葬在泰和一座山崗上的。此後我對膝下唯一的弟弟有守，也就更加倍感珍貴了。那時三弟有守和幼小的五妹有功失學在家，侍奉病榻上的父親，對他們我內心也有深深的愧疚。不僅因他們代我擔當了侍病之勞，更因為我不能使他們免於失學之苦而感苦惱。當我考入大學後，家裡自然無法給我任何經濟支援，我也陷於朝不保夕、時刻在失學的威脅之中自顧不暇，又能給他們什麼援手呢？所能做的，也就只能付出自己的一點愛心而已，包括對六妹玲玲和幼小的八妹招弟在內，我對她們都始終有一種未能克盡兄長之責的自譴之情。抗戰開始後，我飄泊在外，和弟妹等家人生活在一起的時間就很少了，惦念之情，心往神馳。一九四八年夏天，我和妻子在廬山時，特意請在南昌上學的三弟和五妹來廬山小住相聚，也許與這種心情不無關係罷。

沒有想到的是與三弟廬山這一分手，就半個世紀未能再見面，而且音訊隔絕達四十多年，改革開放後許久始得通音問。如今能出版這本二人的詩集，更是未曾想到的事。因此，這本詩集不僅有兄弟手足之情的紀念意義，在某種程度上，也未始不可說是還有兩岸溝通的紀念意義呢。

書，不僅是為作者而出版，而且更是為讀者而出版。以編輯為職業的我，這一點自然是懂得的。上面說的種種紀念意義，其實也不僅是對作者而言才是如此。我們寫的詩，本來就是面對讀者的。詩中所抒的雖然是作者之情，卻又是與廣大讀者氣息相通、脈搏與共之情，二者並無扞格。否則，那種個人之情，也就沒有多大意義了。選什麼詩時，也注意到了這一點，以便在為作者與為讀者上統一，個人感情與廣大讀者感情統一。所以，出版這本詩集，也是為了讀者，希望引起讀者共鳴，並得到讀者的教正。

收在這本詩集子中我的部分，大都是各地親友歷年來替我從各種報刊上蒐集起來的，這是一件十分費力費事的工作。他們中有我的五妹有功和五妹夫田禾夫婦，十妹正榮，南京的朋友徐知免、吳繩武和他的女兒吳佳，北京的朋友杜草甬，以及其他許多友人。如果沒有他們相助，我這部分詩選是無法編成的。謹在此表示對他們誠摯的謝意。遺憾的是田禾、杜草甬、吳繩武三位親友，都先後棄世了，無法與我共享這本詩集出版的喜悅。

「文化大革命」以前寫的那些詩，我寫時幾乎妻子陳敏芳都陪伴在側。許多詩的初稿，都是寫在她親手為我製訂的一本紅皮手册中。她也是第一個讀者。有些詩也是為她或為懷念她而寫的。可是她卻不能再讀這本詩集中我的詩了。她已故去三十年。當我編輯我這些詩時，真是卅年「生死兩茫茫，不思量，自難忘」（蘇東坡：〈江城子〉），令我黯然神傷。

我這部分詩，除將格律體編為第一輯外，後二輯都是自由體，包括押韻和不押韻的，兩輯以前半世紀、後半世紀劃分。詩尾所記寫作時地，除少數原有的外，其餘都是根據發表時間或憑記憶補加，以便編序，所以並不十分精確，特此說明。

對三弟有守的創作，這裡我只想說兩點。一是我的這位三弟早慧，也是很有才氣的。就在他侍奉父病期間，以一個十幾歲少年寫的長詩，居然能在四十年代初桂林的《大公報》副刊〈文藝〉上，佔了幾乎全版篇幅一次刊登出來，很不平常。不僅《大公報》是當時國內響噹噹的名牌大報，而且它的〈文藝〉副刊從天津《大公報》到香港《大公報》再到戰時的桂林《大公報》，也是歷史悠久的文壇領導群倫的期刊。大家如何其芳等人，都是成名於斯的。由此也就可見三弟有守這位當年少年的分量了。

再一是大約在一九三九年下半年我在江西泰和編輯《四友月刊》時，三弟給我寄來一個他創作的話劇劇本（據三弟說題目是《旅社中》），他採取了一個我從來未見過的寫法，將舞臺分成相鄰的兩間房子同時展開劇情，這種我前未見過的舞臺安排，在當時也僅十幾歲、受古典「三一律」影響的我看來，自然會認為是不合規範的。我把這意見告訴三弟，他改寫後，我才將它發表了。許多年之後，大概是在八十年代初，我讀到法國一位存在主義劇作家創作的劇本，採用的竟然正是三弟早於三十年代末就採用過的，將舞臺分為兩半同時展開劇情的寫法，這才讓我意識到是我扼殺了三弟的這種創見，感到十分不安，並且一直引以為做編輯工作之鑒戒。

至於有關三弟有守以及他的詩作等的其他種種，還是且聽三弟的自道分解罷，我就不多絮絮了。

己卯新春，天津

序二

徐有守

一

這本詩集至少包括有下列五項人與事物：我的大哥柏容、我、柏容大哥的詩、我的詩、以及我們兄弟間的情誼。

我們兄弟自從一九四八年分手後，至今整整半個世紀沒有見面；少小離別，老大猶健，不僅隔岸互存音問，而且現在竟還合印兄弟詩集，實非當初所能想像。但半個世紀來，國家、社會、個人周圍都發生了太大的變化，有些人與物已隨流光灰飛煙滅；新生代則蓬蓬勃勃欣欣向榮。為此，心頭悲歡，難以自勝。

對上述五項事物，除了有關大哥本人部分，似乎應該由大哥自己來敘說外；其他關於我的部分，以及就我所感我與他之間的情誼，願意在此略抒情懷。

二

與柏容大哥共同選編好這樣一本兄弟詩集，在行將出版之前，個人內心充滿了喜悅；這件事情，對我有多方面意義。

遠在抗日戰爭期間，柏容大哥以不到二十歲的少年，就用葉金筆名寫詩也寫小說，在長江南岸各知名報章雜誌發表，而且也寄給淪陷後孤島上海出版的文藝雜誌發表。除了詩之外，他還寫了許多散文詩，尤為各方所推崇，成為散文詩的全國性重要代表作家。他的散文詩，經結集出版的有《陽光的蹤跡》，小說集有《原野之流》和《新婚之夜》等。抗日戰爭五十週年時，經中國作家協會正式發布列名為三三七名「參加抗日戰爭老作家」之一，並主持全國最大文藝出版事業之一的「百花文藝出版社」編輯工作數十年；晚年以大部分時間從事書評、雜誌編輯學等方面的研究，並且出版了這些方面的專著《書評學》、《雜誌編輯學》等書。其中《書評學》一書似乎還是那一領域的開山創始之作。目前他被列為國家級有突出貢獻學者之一，終身享受政府特殊津貼，並獲國家最高出版獎的「韜奮出版獎」；雖然年事已長，現已離休，卻仍應各方邀約，不辭勞倦，僕僕風塵，經常赴全國各地講學不輟。現在，我這名弟弟有幸能與他合印如此一本書，當然是我的快樂和光榮。

我之愛上文學，以及今日妄自以為或許勉強可以塗鴉，有多方面的原因。基本上，我家庭血緣就具有文學藝術偏向，自我曾祖父以降都好文。我的曾叔祖父徐道焜先生是前清翰林，八國聯軍之役，奉旨任北京守城的「巡城御史」，於巡城督師時殉職。我的先叔祖父徐元誥先生早年留日研究法律，為最早期同盟會會員，追隨中山先生從事革命，推翻滿清；民國後，曾任最高法院院長；於訓政時期任職立法委員期間，為我國「刑法」起草小組重要成員；曾主編《中華大字典》，發起並主持編輯《辭海》（後因從政而改請舒新城先生主持），著有《管子釋疑》、《說文》等著作，公餘也偶以寒松筆名寫小品散文發表，因之，學界習慣尊稱寒松先生。先父徐曰明先生和先母郭韻琴女士都能文。由於我的曾外祖父也是前清翰林，秉承家教傳統，所以先母也寫舊詩。記得我還只有五、六歲時，在江西南昌夏夜星空下，常常拿一個小圓木矮凳兒坐在先母膝旁，一邊乘涼，一邊隨著先母背誦〈木蘭詞〉和〈孔雀東南飛〉等詩詞為樂。我們兄弟三人從小都喜歡文學；我的妹妹們也都具有文學藝術偏向，喜歡文學、歌唱、戲劇和表演藝術等；而且也多從事這一方面工作。

先母謝世後，影響我文學生活最多的是柏谷大哥。因為他購藏了大量文學書籍在家，使我幾乎取之不盡，讀之不竭，對我畢生都發生了長遠影響。抗戰後期，他就讀江西的中正大學，更經常把看過的文學雜誌和書籍寄給為侍候父病而居住在窮鄉的我。在那些寄來的雜誌中，我最喜歡上海出版的《文藝陣地》和重慶（或是桂林）出版的《七月》雜誌。

我們家雖然並不富有，但是先父和大哥都喜歡買書，似乎從不吝嗇。先父所買絕大部分與他本行法律學有關，只有少部分是我國舊文學方面的書。大哥所買幾乎都是新文學方面的書。抗戰期間，我為了要侍候半身不遂臥床九年的父親，不得不失學在家。在這多年期間，每天除了為父延醫、煎藥和煮飯之外，所有剩餘的時間都是用來讀書。記得有一次在書箱裡偶然發現大哥在高中一年級或是初中三年級的作文簿。其中有一篇題名似為《失落》的短篇小說，故事內容是一段沒有結果的愛情，女主角似乎名為小玉，最後那位癡情男主角收到那位無情小玉的一封告別信，留給讀者無限惆悵。國文老師於是在文尾寫了四句詩用以代替批語。由於詩寫得十分動人，我忍不住反覆朗讀幾遍後，至今為時雖逾半個世紀，竟然仍能自信一字不錯的背誦如下：

傷心往事付煙塵，
錦字遙傳逼眼新。
流水桃花春遠去，
翩翩舞蝶自相親。

當時我心底下油然有感，世上有如此好的學生，又能遇上如此好的國文老師（後來我知道這位老師的大名是黎國昌，而且是我們吉水縣同鄉）；老師如此循循善誘，學生又如此傑出，真是難得。因而使我對大哥羨慕不已，引起了我對文學更深的興趣。至於他購留在家裡的幾千本文學書，以及後來陸續寄給我的那些文學書籍雜誌，也的確給了我很大的影響。在所讀到的那許多詩文中，有許多篇章給我印象深刻，至今為時雖已幾十年了，有時候還會很想找原文來再加細讀欣賞；但這在臺灣當然是不可能的事。在那些詩文中，對於少數一些詩，我至今仍然還模糊記得。例如艾青的詩集《他死在第二次》，雖然長至數百行，卻是從頭到尾全篇都很乾淨省潔，沒有半句贅文甚至半個贅字；何其芳的〈我為少男少女而歌唱〉一詩很適宜於朗誦。當全詩對少男少女已讚美得差不多的時候，我聽到朗誦者讀出類似下面句子（恕我已不能準確背誦原句）：

我的歌喲，

序 二

你飛罷，
飛到那些青年人的心中。

詩人的熱情幾乎已經沸騰，十分感人。而臧克家有一首題為〈生活〉的詩，其中有類似下列意思的句子：

不要疏忽了千萬個小心中的一個不檢點。

這句詩，使我幾十年來遇事都能小心。我最喜歡的一首詩是《文藝陣地》雜誌所載令狐令德（至今我仍不知這是何人的筆名，也不知道他是否有詩集出版）一首題名〈除夕呈客〉的詩。短短二、三十行，寫盡了抗戰期間千千萬萬人民家破人亡流離失所的悲傷。我雖然已不再能背誦原句，但那種意境和哀戚氣氛，現在只要一經想起，彷彿仍縈繞身旁。在那首詩對我印象最深的部分中，有措辭大致如下的幾行句子，讀來真是淒涼至極：

窗外冰封的道路上，
遠遠傳來疑似久已失聯家人來聚的足音；
寒風搖曳中靜靜閃爍的燭光，
再也照不見那伸手索討壓歲錢的涎臉。

似乎是一九三九年，大哥從桂林抱病回贛。那時他還沒有進大學，只是一名高中畢業生，卻因經常在報端雜誌以葉金筆名發表動人的詩作，所以早已成名，被讀者大眾視為東南名詩人之一。他得到當時江西民營大企業「四友實業社」禮聘，為該社創辦了並主編綜合性雜誌《四友》月刊。創刊號出版了，我讀後覺得編得不錯，很想能夠在那雜誌上刊登文章以為榮，於是就聚精會神，好好地寫了一個喚發抗戰意識並以間諜故事為內容的獨幕劇本《旅社中》寄給他，承他回信說可以考慮刊登。不久，我因為要料理二哥過世後的遺物，恰好要去大哥工作地的江西戰時省會泰和，於是就順便去看他。我剛步入他辦公室，他說正準備要去排字房，邀我同行。到了排字房，他對工人說：「請現在就把那個劇本《旅社中》打個樣子出來。剛好原作者來了，就在這裡。我們請他自己校對一遍。」那年我十五歲，還只是一名小學畢業後失學在家的少年，由於戰時營養不良，發育不好，個子也不夠高，排字房裡沒有桌子，就只好找了一個半尺高的矮木凳墊腳，半站半趴在一架當時未使用而比較高的印刷機上校對。排字房的工人幾乎有一半都停下工作來帶著疑惑的眼光看我，完全不相信這位小朋友竟會寫話劇劇本。我當時心裡只覺得，這一鏡頭所表現的意義，比得了諾貝爾獎還更使我得意。

從這些舉例性的生動往事中，可以看出柏容大哥在文學方面有意無意對我的影響和幫助，都顯然加強了我對文學的愛好。

我二哥徐有為也喜歡寫作。他在江西省立吉安鄉村師範學校就讀期間，很受同學欽佩。一九三九年不幸因病逝世，同學們為之哀傷，自行發動為他舉行了一次全校性的盛大追思會。學校的音樂老師劉天浪先生那時已是國內知名音樂家，專門為他譜了一首悼歌，至於歌詞，很抱歉現已忘記是何人執筆。從歌譜和歌詞裡，都可以看出同學們對他懷有的那種特殊感情。歌詞全文我至今都清晰記得而且還能唱。

他的後事，感謝我二伯父徐曰從先生率同我大哥辦妥後，我去清理他的遺物。他的學校在泰和鄉下一個名為南岡口的小鎮上，我從吉水分兩天步行一百二十華里前往。除了帶回二哥的一些衣物和書籍外，還獲得一份對他的悼歌。歌詞如下：

一陣狂風，帶來了千種淒涼；
一陣暴雨，吹滅了萬丈光芒。
誰奪去了，我們陣裡的健將？
誰奪去了，我們陣裡的健將？
你的筆，能誅敵人心；
你的劍，能殺敵人首。
志未酬！
志未酬！

至於我的妹妹們，四妹徐錦榮早逝；五妹徐有功少年時就喜愛歌唱演話劇，後來成為文工團員，十分成功。六妹歐陽誠（因過繼給我姨父而從其姓）畢業於上海音樂學院，先後任職上海人民廣播電臺和東方廣播電臺，主持音樂節目，甚為各方所推崇。近十多年來，是上海民間家喻户曉的人物。至於七妹劉招弟（在不足半歲時就過繼給我們吉水城北劉家，承他們照顧得很好），八妹早逝，九妹徐恩榮和十妹徐正榮的發展情形，有的是因為我離開大陸時尚且年幼，有的是在我離開大陸後出生，所以我很抱歉竟不詳知。

三

除了上面所說我家族血統的文學偏向，和我大哥對我的影響之外，另一個使我勉強能夠寫作的原因，是我個人對文學的深度著迷。

我小學三年級開始看連環圖畫；五、六年級讀武俠小說和章回小說。小學畢業當年沒有考上中學，家母也在那之前半年謝世，家父調職遠方，家庭發生重大變故；加上抗戰爆發，從此失學在家連續五、六年。在這期間，我與新文學接觸，並且很快就沉迷其中。我開始自修學習寫作，最初是向報紙的兒童週刊投稿。經過半年期間退稿八、九次後，才開始刊登了一篇，從此對文學興趣濃厚，終身不改。抗戰爆發，我們全家遷回吉水老家居住以利父親養病，哥哥們都出外求學，我則以一個小學畢業的孩童留在家裡侍候父病並且管理家務。在這幾年裡，幾乎讀遍我家十分豐富的藏書，並且不斷讀大哥寄回來為數實在不少的新購書籍雜誌，當然，主要都是文學著作。所讀的書，包括我國的各種舊章回小說，以及各種文集，以至幾乎那時所有有中譯本的西方文學名著。最重要的是我幾乎讀遍了那時代已有中譯本的所有西方劇作。在這些劇作中，我最喜歡的是易卜生的作品。他談問題鞭辟入裡，他譴責社會，也歎息人生。但我最感到興趣的是易卜生的寫作技巧。寫舞臺劇需要高度的技巧，必須把一個非常複雜或漫長的故事，取其要而不漏失，然後以通常二小時可以表演完畢的篇幅，用淺明易懂的對話形式表現出來；而且必須要生動有趣，使觀眾不忍中途離席他去。至於有一種只能閱讀而不能上演的劇本，我認為那很荒謬，根本就是一種錯誤和笑話。

在那段時期裡，我之所以整個人都沉迷於文學之中，原因有二：一是因為天性喜歡文學。二是因為那時期我的生活十分單純，心身十分孤獨和寂寞。為了避免日機的轟炸，我家住在鄉下。我每天除了為父親煮三頓飯並且侍候他喫好飯，以及為他煮藥和照顧他服藥以外，沒有任何其他事情可做。在鄉下也沒有任何朋友來看我，或是有任何朋友可以讓我去看他。農村裡的人都要生產，根本就沒有這種互相訪問和坐下來談話的習慣。因此，作為一個十三歲到二十歲的少年，我的生活十分寂寞，生活中有充分時間和空白熱愛上文學。在那幾年我的生活裡，除了文學以外，沒有任何其他東西。

我對文學沉迷的程度，可以從下面幾件事例中得到印象。

第一、我因為整天伏案，不是閱讀就是寫作，所以久而久之，已自我訓練到達文筆勉稱通順的地步。而且每寫一文，必定事先深思熟慮，不僅把內容要旨等等想好，而且也把全文的結構通通想好，甚至開始一段的措詞也都逐句想好，然後才筆之於書。什麼時候有空想呢？走路的時候想，外出的時候想，煮飯煮藥的時候想，夜半醒來的時候想。我以十行紙為稿紙，用毛筆寫作，文思泉湧，走筆如飛。你很可能不相信，但是事實的確是如此，我後來常常一天能寫出一萬字的文章來。

第二、我們住在鄉下，每隔五、六天，我就必須步行十五里路，去吉水縣城為我父親購買經過機器精碾過三次的白米（我們家鄉人稱之為「三機米」）、中藥、肉食、蔬菜等；並且回太史第老宅家裡取郵件、報紙、雜誌。從我們寄居的蕭家村去吉水縣城這一段路，都是田塍和山徑。走久了以後，路上的情形都相當熟悉了。由於看書是我唯一的享受，也是我最高的享受，所以我每次必定一邊走路，一邊看書。我只要用眼角稍稍斜瞄著地上就行了。在那幾年裡面，我從來不曾因此而跌倒過。從城裡回來的時候，我就把攜回的東西用一個長布袋裝好掛在肩膀上，讓東西分別落在前胸和後脊，並且用一根繩子橫縛上身以固定袋子，我就完全不用再分神去注意它，而可以放心大膽的一路讀書了。我們吉水是個人口稀少民風純樸的農業小縣，縣城裡的大部分居民彼此都相互熟悉，只要有任何一點值得敘說的事情，都會很快的互相傳述。那時候我這種走路看書的事情，被那一帶農村的人看久了以後，認為有點古怪，就開始互相傳告，說徐家老三這個小孩很古怪，常常一邊走路一邊看書。

第三、那段時期裡，我習慣於每隔二、三個月給我遠居鄰縣吉安鄉下八十多歲的外祖父寫一封信請安，並且把我家的近況報告他老人家。雖然外祖父從來沒有回過我的信，我還是照寫。我想，外祖父太老了，那有精神注意我這個少年的信呢？甚至看過信後也許轉眼就忘了，我們晚輩自應諒解老人。但是，後來我才知道，事實完全不是這樣。因為九姨母有一次談到，外祖父曾用驚訝的口吻特別對她說，我每隔一段時間就有一封信給他，不知何故，每次的信都比上一次有明顯的進步。我聽了以後並沒有特別高興，因為我自己實在不知道有什麼進步。後來我年歲大了，回想到這件事情，覺悟到人之進步或退步常不易自知，而必賴測驗或旁觀者辨識始知。

第四、儘管我有時間從事讀寫，但畢竟仍然有許多日常生活雜事佔去許多時間，影響我的讀寫生活太大。我中年以前，強烈的認為，人生許多不相干的瑣屑事情佔去我們的時間，絕對是生命的一種浪費。那時期，我為這種情形苦惱了很長一段時間。有一天，我忽然想通了，認為如果能去高山寺廟裡做和尚，遠離塵世，豈不是可以全心全意從事寫作麼？因此，我私心裡曾經先後三度決定要去做和尚，可是每次都未能成行。唯一的原因，只是不忍心拋棄長年呻吟臥病在床的父親。那時期如果我真的離家了，父親很可能會活不下去。

第五、在那些年裡，我長年都在家，極少有機會離家遠行。如果有事必須外出，那怕短促到只有一、二天，必定都會揹一只自己縫製的大防空布袋同行，袋子裡裝的是十多本厚厚的文學書籍。因為出發前，每當我選擇書籍裝袋時，總是覺得每本都好，每本都想立刻去讀，所以所攜帶的書本，最後總是超量；每次回家時，大概總有一半書不及讀到，但卻總是至少可以讀完三分之一的書。儘管這些書揹在背上很沉重，我卻從來沒有後悔過，也從來不曾認為自己太笨；因為我只是認為，應該充分準備讀物，不使路上無書可讀而感到寂寞；何況，每當讀完一本要讀第二本時，竟還能享有選書之樂。所以到了下一次出門，仍然超帶書籍。因為我在任何郊外地區步行趕路時，照樣都可以一邊走路一邊看書，這種事早就習慣了。至於離家出門在室內的時間，只要稍有幾分鐘空暇，我也會立刻把書拿出來讀。這絕對不是勤學，而純粹只是深以讀書為莫大的快樂和享受。有時候，難免會有人笑我癡迷，甚或譏笑我裝腔作勢。我想，只要我快樂而又不礙惹別人就好了，其他就不必理會了。這種愛書成癡的情形，現在回想起來，仍然不自以為可笑。

第六、我在吉水縣立初中遭人暗算，被迫離校。那年抗戰烽火正熾，我在走投無路之下，重違父意，堅持離家外出而去江西泰和縣鄉下一家新開辦名為私立建成高中的學校就讀。學校在小鎮鄰近的一個小村中，我們學生每天晚餐後都步經田塍小道，到鎮上去散步。鎮上有一家小小的書店，除了賣文具外，還有幾十本書充數，稀稀疏疏的平放在桌上。非常意外，其中竟有一本是曾獲諾貝爾獎的美國劇作家奧尼爾（Eugene O'Neill, 1888-1953）所著九幕劇《奇異的插曲》（*A Strange Interlude*）的中文譯本（中華書局版）。書的外觀已經陳舊，而且有點破損，一看就知道是戰前印的，內文還用的是銅版紙，厚厚一冊，拿在手上，感覺似乎比一塊磚頭還重。對我這個窮高中生說來，價格當然顯得十分不便宜。那時家裡不寄錢給我，以至每個月繳膳團的伙食費都有困難，常常餓肚子，那裡還有閒錢去買這種不急的文學書籍呢？但是，我卻不這麼想，我愛文學書成狂，愛戲劇成瘋，對這本書的渴望，真是比追求美女還熱衷而且急切（那時候我根本不敢也從沒有追女朋友的念頭），天天去鎮上那家書店看看那本書是否會被人買去而忽然不見了。我這窮小子就這樣連續看了一個多月，發現那本書不僅沒有被買走，而且幾乎是除了我每天摸摸翻翻之外，似乎看不出有任何他人觸摸過。這段期間，我幾乎天天想盡辦法去找錢（因為我欠同學的債久久無法歸還，所以能夠告貸的路幾乎都斷了），我忘記後來是怎樣弄到了錢，於是也不顧已經餓了幾天肚子，迫不及待跑去總算把書買回來了。記得當時手捧著那本書回來時，那種如獲至寶的狂喜與心滿意足之情，真是莫可言喻。

從以上這些片段，可以看出我對文學的癡情。我只是對文學充滿了興趣，從來沒有去想文學對我未來生命有何價值或任何現實報償。說起來也許有點悲哀，一個十幾歲的少年，竟已對生命根本不存什麼希望，從來沒有憧憬過將來會是如何，彷彿這世界永遠不會改變，將會永遠這樣下去，我也永遠就這樣過著悲慘的日子。我心底下不知不覺的已承認，只要能讓我繼續沉迷於文學之中，也就心滿意足了。現在事隔多年，回想起來，那時候這種心態，實際上是一種長期絕望後的麻痺心態，是一種長久生活在苦難中的認命心態，已經沒有鬥志了，十分悲哀！但最大的悲哀是那時甚至不自知悲哀。我之能夠在痛苦悲哀之中仍然維持心理安寧，只是因為有了文學這位密友，所以才能認命接受那一切。

四

我學習寫作是從寫詩開始。而且至今幾十年來對詩的愛好與熱忱從未稍減。只是在大約十四歲時，讀到了似乎是田漢根據托爾斯泰小說《復活》改編而且名稱仍然是《復活》的劇本，以及又讀到夏衍所編抗日劇本《一年間》後，於是對戲劇也發生了強烈的興趣。除了寫詩之外，竟然自己摸索，無師自通的學會了編劇。來臺灣後，以徐蒙的筆名出版了一些劇本，而且每個劇本大都獲得名稱不同的文學獎金，也都在舞臺上演得相當成功。總括說來，我對文學的愛好，是偏重在詩與戲劇這兩種體裁的作品。現在，讀者手上的這本書既然是我們兄弟的詩，所以本文在此也就只談詩。

有關我個人少年期的生活背景，上面已經說了一些。在那孤寂可悲的環境下，詩，成為我熱愛的伴侶，而且也是我孤寂少年期中的唯一朋友。我經常向當時在浙江發行成為東南半壁最好的一份報紙，《東南日報》副刊〈筆壘〉，江西上饒出版的《前線日報》副刊〈戰地〉，江西戰時省會泰和出版的《民國日報》以及《大眾日報》等報紙的副刊投稿，而且十之八、九都被刊登。我最得意的是當我還是故鄉江西省吉水縣立初中一年級的一名學生期間，在《大公報．文藝》副刊發表了一首三百多行的詩〈老五回來了〉，而且是一天一次刊載完畢，佔去那一天〈文藝〉副刊的全部版面。寫作那首詩時的情景，至今我還記得很清楚。學校借用吉水北門城外二十華里的醪橋鎮上兩座大祠堂作為校舍。那年學校新成立，還只有兩班初一學生，約一百人，也都寄宿在這借用的兩間大祠堂中的一棟裡。學生的床舖相連而成一個大統艙。我白天要上課，當然沒有時間寫作；夜晚本來也有許多家庭作業要做。但是，坦白招供，從初中開始，一直到後來大學畢業，就家庭作業這一點而言，我都不是一個好學生。我經常不繳家庭作業。夜晚，我經常躺在床上讀文學作品。等到同學們都睡熟了，才半夜爬起來寫作。那夜我照例半夜爬起來，用一只小木箱放在地上作為坐凳，床舖就是我的桌子，然後點一盞光線微弱的清油燈，那是我們民間幾千年來傳統使用的一種燈，是在一只小瓷碟裡盛一點清油，再放一根燈草的清油燈，舊小説裡所説的「一燈如豆」，所指就是這種燈的光。我那夜文思泉湧，一口氣寫完了那首三百多行的〈老五回來了〉長詩。待放下筆來抬頭一看，天井上那一小方天空已露微明，我才發現自己十分疲乏了，於是倒下來蒙頭就睡，上午的課也不去上了。下午起床後，我抄繕了一份存底（那時候人類還沒有發明複印機），立刻付郵寄給遥遠的《大公報》（我忘記了究竟是桂林版或是重慶版）。寄出以後，自忖沒有什麼被採用的希望，所以很快就忘記了這件事。但是，大概二十天左右後，有一天，在圖書館裡忽然看見《大公報》竟然一字不漏也一字不改的全文登出這首詩來了，當時內心一陣狂喜，但外表卻若無其事。我不是要摹仿劉備「喜怒不形於色」，而只是由於多年住在鄉間伺候父病，長年受盡了折磨，而且生活在孤獨之中，有了任何喜怒哀樂都無人可讓我去傾訴或可與之分享，習慣於只有留在內心獨自享受或忍受。至於同學們，他們都是來自農村的初一學生，平日根本就不看《大公報》這種報紙。他們雖然幾乎無一不知道我常常在報上發表詩作，但卻大多數不知道或不記得我的筆名是菲明。不過，這件事情，過了幾天畢竟還是公開了。這起因於我收到《大公報》專門寄給我本人收刊有那首詩的一份報紙後，我終究忍不住拿給最要好的幾位同學看。我很清楚，這些鄉下孩子完全不能真正了解，在這種全國性大報紙上，一次把一首三百多行的長詩登載出來所表示的那種特殊榮譽；尤其作者竟是一間窮鄉僻壤沒沒無名的初級中學裡一名十幾歲的一年級學生！不過，我當時心裡想，這件事，究竟代表多大的榮譽，橫豎自己知道就好了，同學們不能真正了解就算了。正如孔夫子所說：「人不知而不慍，不亦君子乎？」當然，由於我當時常常在各報寫詩，在《大公報》廣大讀者之中，還是有部分人知道：菲明就是被某些報紙副刊稱之為詩人的那個人；更何況也有極少數人知道，菲明也就是徐有守那個少年人。後來，果然得到事實證明了，過了不多天，忽然接到那時在國立第十三中學高中就讀的吉水同鄉劉宗錕兄的一封賀函。在他信裡讚美我的那些話裡，我記得他說我的詩是：「不似天馬行空而看不懂。」宗錕兄英文很好，所以後來是讀了政大外交系。我來臺灣後有人告訴我，他畢業後迻譯過許多文學作品，聲譽卓著，成為名家。但是，我不知道他是不是用了一個什麼筆名或是仍用本名。

大學畢業後我來到臺灣，利用工作餘暇時間，除了寫了一些話劇劇本之外（我的每一個劇本都獲有文學獎，多種也都出版了，上演了），也寫了一些詩，分別在一些雜誌發表，但數量不是很多。其中大部分是一九五〇年到五四年任職臺灣省立工學院期間寫的。工學院後來改制為現在的成功大學。

一九五六年，我從政治大學政治研究所畢業後就業，承張曉峰先生厚囑去他主持的教育部工作，十分快樂也十分感謝。後來，我在政治大學就讀期間的老師陳雪屏先生在中央黨部新主持一個有關文化工作的機構，經商得曉峰先生准許，轉職去中央黨部秘書處。雪屏先生很瞭解我的情形，有一天對我說：「我看我們一起來為我們的工作而努力，你也應該為你的事業前途而奮鬥；所以我勸你似乎可以考慮不再把時間用在文學上面。等到有一天，你退休了，晚年有許多時間，人生經驗也豐富了，那時候再來致力文學，一定能夠寫得更好。」我聽了之後，深覺有理，所以就接受了他的勸告。從此以後，我不僅絕少寫文學，後來甚至根本連文學作品也很少有時間去閱讀了。稍有時間，也只是寫有關我在學校任教的政治學、公共行政學以及人事行政學論文。

一九九四年，我對公職忽生倦勤之意，並且覺得終身奉獻公務，也應該留幾年時間為自己活著，做一點自己的事情。於是，辦了公職自願退職。滿懷興奮進行下列幾件累積心頭多年想做的事：⑴學習電腦中文輸入，以能夠用電腦直接寫文章為初步目標。⑵重拾文學生涯，寫詩也寫劇本。⑶寫有關我國考銓制度的書。⑷待上述三事獲有初步結果後再規劃其他。出版這本詩集屬於上述第⑵項範圍內事項。但是，當我花了一些時間閱讀時下臺灣的文學創作，主要是詩與小說作品後，使我十分沮喪！小說作品中充滿了荒謬和性；詩句則盡是些不合文法的句子，晦澀，裝腔作勢，蒼白而無感情。但我並不承認是我落伍了。

在大陸時期我發表作品，絕大部分使用菲明這一筆名；來臺灣以後，則大多使用徐蒙筆名，偶然也會用我的本名徐有守。現在，印這本兄弟合集，我們都用本名。

我的職業，幾十年來都是公務員，也是政治學和人事行政學教授；每日主要工作內容，絕大部分都與法規制度及行政密切有關。法規與行政，都是性質較偏向理性，形式枯澀和文詞冷靜的，與詩的充滿感性完全不同。很難有人能夠解釋我如何能夠從事這麼兩種性質幾乎相反的工作。除了在學校工作時間會偶然談到文學外，來臺幾十年，很少對人談到也沒有時間談到文學以及我的文學生活，更已經很多年没有文學方面的朋友了。如果我的工作同僚有一天聽說我也從事文學寫作，可能會大喫一驚。較之我平日處理公務的冷靜、研究法律條文的斤斤計較、常常為了一個簡短條款而解析不休等等情形，都不會有任何人會想到，徐有守就是那個寫詩又寫話劇劇本的徐蒙。如果說這是一種驚訝，也是很正常的驚訝。不過，只要再想一想，也就不會驚訝了，幾千年來，我國政府大小官吏大多是文人出身，很多都能寫婉約的情詩和小詞，連那位被司馬光視為身體不清潔和言談無味的大政治家王安石也不例外，還有那位理學大家范仲淹也不例外。可是到了現代，詩人或文學作者從事政界工作的人卻越來越少了。

五

我自認從來不曾把詩寫好，只是一直十分喜歡詩而已。喜歡久了，當然對詩總會有一些簡明觀點與信念。當然，這只不過是個人的偏好，並無意必須以此作為衡量詩作好壞的標準。

如果不是奉命而為的文章，而是自發自動寫作，大多必定先要有一種「骨鯁在喉，一吐為快」的心情。而且必如此，文章才有可能實在而動人。也就是必須是要發乎真誠，而不是為寫作而寫作，更不是無病呻吟。日本文學家廚川白村說，文學是「苦悶的象徵」。所謂苦悶，並不一定是有什麼痛苦，而只是心有所感，骨鯁在喉。象徵就是表徵，表現出來了。所以這意思與我們所說的「一吐為快」完全相同。而寫詩尤其如此，必須是真情的流露。這就是說：詩必須首先要真和誠。

其次，我們中國人自古以來講求詩要溫柔敦厚。所稱溫柔，所稱敦厚，就是對人對物對世界都要有愛，而且措詞溫和委婉；反之，詩中就不要有兇惡不良的意念和事物，更不要有刻薄尖酸的措辭。這就是善。

最重要的是美。美的形成，有許多不同的學說，也涉及很多不同的因素和事項，我們現在可以暫時不去討論。我個人認為：明曉暢達的文句、優美的詞藻、濃烈的韻味、以及詩所特有的意境，這四者最為重要。所謂明曉暢達的文句，如果寫得像口語那樣淺明固然也沒有錯，但是卻也並不是說一定要過分通俗，更不是鄙俗，但卻至少要能使人讀來易於明白詩人的本意為何，完成文字傳達意思的起碼功能。李白的詩句曉暢明確，不僅不曾降低詩的品味，反而人人喜歡；詩決不能讓讀者讀來像是讀天書一樣不知所云。所謂優美的詞藻，就積極方面來說，要選擇文雅優美的詞句；就消極方面來說，要避免使用鄙俗、偏僻、艱澀、罕用，甚至古怪的詞語。詩畢竟是詩，讀來也不應令人產生不悅耳、或刺目、或心裡不舒服的感覺。所謂濃烈的韻味，似乎比較不容易具體說明。但我相信，人人都知道什麼叫做韻味。韻味能使人迴腸盪氣，能使人神往，能使人迷惘，能使人忘物忘我。女性的外型美麗固然動人，但最動人的似乎還是女性的韻味。例如幾乎人人皆知的李後主的詞：「深院靜，小庭空，斷續寒砧斷續風。無奈夜長人不寐，數聲和月到簾櫳。」論景色，所寫到的只不過是寒冷小院，有何動人之處呢？但簡短幾句，卻寫出了作者內心的惆悵，流露出無限寂寞無奈的神韻，構成一種淒愴的美。至於意境，大概是構成詩詞之美的各種條件中，最最重要的一種。例如「大漠孤煙直，長河落日圓。」所描寫的景色不過是荒涼沙漠上一無所有，徒留一縷孤煙和一輪落日而已，應該談不上什麼美。但像這樣大筆一揮的破筆畫式的兩句詩，自有其風景之外或風景之內所蘊涵的意境，而不僅限於景色本身，自有一種蒼涼雄壯之美。又如陳子昂的詩「前不見古人，後不見來者，念天地之悠悠，獨愴然而涕下。」簡直完全沒有景色描寫，也就是根本沒有美景之可言；但卻造成一種意境，令人懷古，令人悵惘，令人感到人生的渺茫，給予人一種深沉的孤獨與悲哀。又如：「落花人獨立，微雨燕雙飛。」所寫景色本身固然美，但更美的似乎還是藉這美好景色所蘊涵的景色之內或景色之外詩人那份陶醉於美景的那種心境。也就是藉有文字的有形詩句敘說的表象，間接傳達出詩句文句所沒有說出或無法明白說出的境界，所以稱之為意境。由意境所形成的美，常常勝於表象之美。意境之可貴在此。

任何文體最起碼的要求是達意；否則，根本連文字的基本意義都失去了。至於詩，除了達意之外，更要傳情。要不然，也就不必有詩這種文體了。如果所寫的詩叫人根本看不懂，甚至句子本身在文法上都有重大問題，既不通，也不美，更古怪，那又何必要寫詩呢？更不值得自以為是，也毫無理由還沾沾自喜。如果要蓄意如此為之，那是否正確，值得細細評估。

請寬恕我的直率，但也請相信我是熱忱的。而且，儘管我懷有上述種種觀點，卻仍然尊重各人寫作的喜好與選擇。每位詩人當然都有他自由選擇的權利。

說來慚愧，上面所說種種，縱然你可能有某種程度的贊同，但對我自己而言，卻是知而不能行。不過有一句話是我敢說的：我的這些詩，無論是在少年時期或是近年所寫的，每一行，每一句，都完全出自真誠，都是在有真實感情之下所寫，而且滿腔熱忱。

以下，我願意把這本書裡我這些詩寫作時的心情和背景作一概括說明，以供讀者參考。

這裡通共選擇了二十八首詩，自知都很拙劣，但卻還要印出來，只是敝帚自珍。其中第一輯十七首是居住在大陸時期寫的，大部分在東南各報發表過。那是我十四、五歲到二十歲前後期間，也就是抗戰期間到勝利之後國民政府在大陸那一段期間。那期間，我的作品不少，由於沒有好好收存，以致很多都已散失而不可得。因此，能夠帶到臺灣來的已經不多，再經過一番選擇淘汰，所剩就只有這十七首了。在那些已散失的詩之中，我最引以為憾的是上文提到過的那首長詩〈老五回來了〉。幾年前，我自公職自願退職後不到幾天，就去臺北的中央圖書館尋找這首詩。承館長曾濟群兄協助下，我花了整整大半天時間，把該館所收藏的《大公報》（從該報創刊起以至停刊止）縮小版面的影印本全套多冊，從第一頁起逐頁細看了四遍。非常奇怪，竟然怎麼也找不到那篇拙作。我不死心，過半個月後又再去了一次，再逐頁細看了兩遍，仍然沒有發現，可以確定影印縮本中沒有我那首詩，而不是我疏忽粗心漏看。這確實是一件十分奇怪的事情。最近我在信上詢問大哥是否記得我這首詩，他說他記得很清楚我那首詩是發表在桂林《大公報》上，要我特別在當時的桂林《大公報》上找。事實上，重慶版和桂林版我找過了，就是沒有。

第二輯七首，是來臺灣後寫的。事實上，我來臺灣後當然也不是只寫這些詩，也是經過篩選後才只留下這幾首。在被淘汰的那些詩中，也有一首與上述〈老五回來了〉發生了同樣奇怪的情節。有一首題名〈寄給江南的油菜花〉大約二百多行。我記得十分清楚，是一九四〇年在臺北一本名為《明天》的綜合性雜誌上發表。雖然收藏了，但幾次搬家後，不知如何也找不到了。我也曾經花功夫打聽清楚，知道只有臺北市國父紀念館裡的孫逸仙圖書館藏有這一早已停刊的雜誌全套。我去把那全套雜誌反覆查看了八、九遍，卻也找不到那首詩。我自信沒有記錯，但卻就是找不到。天下有許多不可理解的事情，這只是其中之一。由於這兩首詩的失落，使我不得不相信，人間常有一些一時難明真相的錯失。

第三輯四首，都是退職後寫的。其中〈老榕〉這一首寫的是寧靜達觀的心境；其餘三首仍充滿有如少年期的熱情。

對我而言，「詩為心聲」這句話是十分正確的。這裡的每一首詩都是當時實際心情的流露。以下所說就是我每一個時期心情的概括敘述。

上面曾經說過，我少年時期在大陸上生活的那段時期十分寂寞和痛苦。我性格裡的消極、頹廢和悲觀那一部分，獲得了充分的發揮，幾乎佔滿了我的心靈；但是，感謝上天，我畢竟還年輕，環境不允許我將悲觀化為實際行動，我當時不能不繼續生存和保持正常生活，所以不自覺的對生命仍然存有期望，也當然渴望愛情；另外，我天性裡的倔強精神那一部分，卻支持我奮鬥和不屈不撓。這兩者之間顯然存有矛盾，但是，我們不是幾乎人人都是矛盾的嗎？只不過很少被人看穿罷了。在那十七首詩裡，不知不覺地流露了這種矛盾。其中表現反抗和不屈精神的篇章是〈青原山之夜〉、〈我們的船戰鬥在海上〉和〈牽牛花〉三詩，都有對抗日本軍閥的高度戰鬥意志。寫前兩首詩時的情景和心情，至今恍若仍在目前。一九四四年春夏之際的一個夜晚，我是國立第十三中學的學生，學校在山谷中，我從自修教室拖著疲勞的步子走到學校大門外去呼吸新鮮空氣。黑幢幢的夜靄，不見人影。舉目四望，寬廣的青原山山谷一片糢糊，天空黑暗，空氣混濁。大雨後山洪暴發，溪水暴漲，水流急湍瀉落，有如萬馬奔騰地沖擊岩石，聲音宏亮，震動山谷。那時候，民主國家的美軍在太平洋上攻擊日軍非常順利；但在我國國內戰場上的我軍卻非常不順利；抗戰已至末期，局勢對我們越來越趨不利，日寇軍隊已攻抵廣西和鄂西，向戰時首都重慶採取鉗形包圍攻勢。國人都隱隱感到戰事似乎快要結束了，也就是覺得我們可能要面臨最後失敗，國家恐有瞬將滅亡之憂。我孤獨地靜靜站在那黑夜天空下良久，心中有無限感慨與悲憤。暴發的山洪聲使我聯想到海上盟軍的輝煌戰績，聯想到我們也應該如此奮戰；於是，油然興起一種頑強意念，回到教室裡就一口氣寫下〈青原山之夜〉這首詩。但是，過了兩天，覺得意有未盡，因為那首詩所寫到的，還只是我們當時在青原山國立第十三中學就讀的一千個孩子；於是，我又繼續另寫了〈我們的船戰鬥在海上〉一詩，寫的是我們整個民族維護生存的那種不屈不撓的意志。至於〈牽牛花〉一詩，則是日寇宣布投降的第二天，我從吉水鄉下回到吉水縣城，整個城市內没有一個人，我是第一個回到城裡的人。只見城裡到處是日軍過境留下的破壞景色，以及日寇所遺棄豬牛屍體和內臟所發出的腐臭。就在這慘目傷心之時，忽然看見我家大門外籬笆上爬滿了牽牛花，那細細藤蔓的形狀似乎十分柔弱，那碧綠的葉子看來也那麼單薄，但那薄薄的紫色花瓣，卻美麗得有如少女的綢裙，凌風飛舞，朝氣蓬勃，欣欣向榮，充滿了生機，就好像不曾受過任何傷害，或是縱然受過傷害卻又不屈不撓的再生了。我佇立良久，凝視著那朵朵紫色的花兒在微風中不停飛舞，內心十分感動；於是，回到屋裡，匆匆找到了一小塊破碎紙片，迫不及待地一口氣寫下了這首短詩。

整體說來，在離開大陸之前的那十年裡，我雖然從不悲觀，但卻是寂寞的，而且懷有深沉的頹廢，常常借酒澆愁。我從來没有過任何快樂的事情，卻總是盼望有點快樂的事情。除了上述那三首具有戰鬥精神的詩之外，十七首詩中的其他各首，所寫都是頹廢與惆悵。

來臺灣以後，我成了家破人散的流浪漢。起初覺得孤獨，感傷自己艱苦飄零的身世，卻也激勵起奮鬥的意志。我看見美麗的臺灣少女穿著鮮明的五彩長裙走在亞熱帶的豔陽下，暗暗地興起了少年放浪的情懷。後來，有女朋友了，可以與之親密地絮絮長談，但卻不是那種荒唐的愛情（少年時期偶有某種程度的荒唐，並不一定就是什麼罪惡）。第二輯七首詩的內容，都是這種感傷、期盼和浪思。

時光如流，前幾年開始自覺年事漸增，也慢慢有了年華逝水的感觸，心裡卻開始平靜了。我確已不再爭取甚麼，所以也就不再有奮鬥，不再追求，不再與人有利害衝突，不再有焦急渴望，對人也沒有怨恨。幾十年的現實生活，早已把少年時期的頹廢和感傷磨光了；生命雖然還沒有結束，但美妙的生命樂章似已演奏完畢，留下的雖然是寂靜，但寂靜帶給我的是安寧與和平。只是午夜夢迴，卻仍難忘那些少年往事，仍有許多無奈和惋惜；但是這種惋惜卻給我帶來溫暖。隨著歲月更易的這種種心情，在本書我的第三輯的四首詩中留下了一點痕跡。〈老榕〉一詩就是心靈安寧的描寫；〈遥寄〉、〈飛到妳身邊〉和〈被遺忘的小港〉，都是心有所繫而寫，都是對往昔一段美夢的追憶，也是純潔樸實感情的紀錄，而究其實質，卻只是永難忘懷的無奈。人生真有太多的無奈！不過，中年以後漸漸悟解，人生充滿無奈毋寧說是正常現象。因為在任何時間任何地方任何場合，任何一個機會出現時，經常必有眾多的追求者，但是最後都只有一個人獲得那個機會，其他的追逐者所得到的都是「無奈」。反過來說，如果所有追求者都成功，不僅常常是不可能的事，偶然勉強可能時，結果是很可怕的，社會一定會大亂。例如一個總統職位，一位美女，大家都競爭，結果競爭者都成功滿意，豈不恐怖？明乎此理之後，儘管難免有浪漫思想下所產生的無奈，但如今我仍心安理得，心情平靜。

讀完這二十八首詩之後，已往的幾十年生命歷歷又在眼前。就整體來說，顯然可以看出，因為少年時期太多的苦難和不幸，使我內心充滿悲哀、消極和頹廢。所幸仍有強烈的奮鬥意志潛藏在我靈魂深處，以及對人充滿了愛，所以我才能夠生存到現在。這情形在第一、二兩輯詩作裡可以看出來。到中年以後，心靈業已平靜，所以只是歎息生命，但仍念念不忘於往日的一些無奈。

這本書有一個重大缺陷。我非常愛我的家庭，我內人石繼之女士，我的孩子們，尤其我幼小的男女孫輩，但卻沒有一首詩是有關我家庭或我這些家人的。我內心對他們充滿了愛，我會另外設法彌補。

我或許還會繼續寫詩，因為我對人仍然充滿了愛心和關心，對世界也還充滿了熱情。願我的知友能夠給我一點鼓勵。

我任公職時，在我辦公室與我同事十多年的林琴芳小姐，不僅在公務上提供我許多協助，而且甚至那一段時期裡我所寫的文章和詩，也都承她為我收存。現在，這本詩集裡我的許多首詩，都是當年請她替我收藏得免散失；詩集付印前後，又承多年同事郭樹英小姐為我整理和檢查錯誤，從事初步編整工作，而且都是在公務忙碌之餘休息時間從事，費心很多。我必須在此向她們二位特別表示衷誠感謝。

有守　二〇〇〇年九月，臺北

徐柏容詩

第一輯

有寄

讓你與我分離於二地
如重重千山萬水
像山林間的秋樹罣慮
飄飛在思念的殘夢裡

夢裡也有空間的長橋
我在此端你卻在彼端
遙望華燈燭影的對岸
你如夜玫瑰，亮著芳菲

只相信你堅貞的心意
把我貧窮的愛情，當作

聖者耶穌襤褸的襴衣
在它被塵掩的光彩裡
他人的財富、殷勤、榮貴
都顯得黯淡、虛偽、污穢

——一九四五年三月十四日，吉安

除夕

除夕好似一座記程碑麼？
你感嘆歲月如流沙暗過；
爆竹聲裡笑童年的歡歌？
爆竹聲裡嘆遲暮的蹉跎？

到門外去與孩子們逐追？
放個沖天炮博他們歡嘩？
到郊野去折回一枝紅梅？
到高橋去覓過年的窗花？

孩子手中的鎂光棒一閃，
如將豪情逸興全都點燎；

許是想起少時壯志慨慷？
心頭呵湧上澎湃的江潮。
歲月悠悠染白了少年頭，
卻難把我心頭春蕾暗偷……

——一九四五年除夕，南昌

黃龍潭書感

山瀑在絶谷中響著吼聲
如有千軍萬馬簇擁奔騰
黃龍潭遭捶打片刻不停
瀑聲淹沒了哭泣的哀音

看它千顆萬顆淚珠濺零
訴不盡長年奴役的苦辛
碧水急遽洄旋惕惕心驚
瀑布依舊把它視作槀砧

呵，不要膽怯也不要哀求
只有凝成堅冰敵愾同仇
才能讓捶打者頭破血流

深山絶谷仍是塵寰人世
懦弱者只能夠寃沉九淵
砸碎鎖鏈！揚起你的眉頭

——一九四六年八月，牯嶺

夜思

我不信時間會模糊一切，
海中有亙古屹立的岩石；
金環玉玦留存千年刀鍥，
浪潮只能沖走萍蹤沙迹。

你說秋菊宜人春花美好，
我是碧落黃泉呵夢迢迢；
你說天涯呵何處無芳草，
弱水三千，我只取飲一瓢。

但你呵，別信我滿頭白髮，
但你呵，別說我心如止水，

白髮下盛開青春的鮮花，
我的心中呵，芳荃正葳蕤。

呵，我張手掬取月光嬋媛，
她離我卻那麼遥遠，遥遠……

——一九八〇年，天津

河畔

風變雲幻，不知飄過多少；
淼淼春水，曾經幾重關山；
一波推一波呵，輕濤拍岸，
路曼曼其修遠——暮暮朝朝。

是誰說河水千古同滔滔？
花落花開呵，闌珊又爛漫。
泥呵沙呵沉積多少苦難！
煙靄迷濛呵隔岸燈未老……

東去又西往，千帆過不盡，
去歲的流香今歲何處尋？

——無蹤影。楊柳呵依舊婆娑……
岸邊呢，還繫有一條小舟，
像拍打翅翼難飛的海鷗——
在掙脫千年歷史的絆索？

——一九八〇年，天津

抗戰烈士陵園

靜悄悄地，像沉睡的海港，
百戰的艨艟在這裡相逢，
濃蔭翠綠孕懷海洋的夢，
排排矗立著暗灰的石檣。

從夾道經過如接受檢閱：
你可用汗血寫人生篇頁？
雙雙炯炯目光與你相接：
你的生命曾否發光發熱？

高聳的碑尖還披著朝露，
像燈塔曾照穿海上夜霧。
連松濤也向你問得莊嚴：

如鳳凰，他們在火中身焚。
他們：在你的高尚中永生，
或在你的卑鄙中化塵煙？

——一九八〇年冬，天津

微雨後霽過慈禧東陵

不是樂壽堂*前牡丹飛香，
東陵的松柏在暗暗送澀；
銅爐久涼誰見輕煙繞廊？
濛濛雨絲飄向冷池瑟瑟。

大大的墳塚呵高高享殿，
可惜鮑魚滯骨點污青山；
朱漆的梁柱黃金貼龍面，
也遮掩不住呵人血斑斑。

別說呵石斷故宮朱絡昏，
珠串兒幾度織編垂帘夢！

看，有人踩著前人繡鞋痕，
幾座洛鐘呵西應銅山崩！
歷史的輪子呵，日車躃躃，
光華吐曦流轉人間不息！

——一九八〇年初冬，天津

＊樂壽堂為慈禧太后在頤和園內的居處。

或許

或許這一切都不是真的，
不過是噩夢，夢中的魘驚；
當天際流淌出黎明的河，
側身又見兩汪秋水晶瑩。

或許你並沒有離我永去，
悄掩我雙目，你飄然回歸，
當我掰開你那十指如玉，
回首又見兩朵薔薇霞緋。

我在薄霧中覓一瓣流雲，
在交響樂中尋一縷逸音，
——或許，你在某個空間留停？

姹紫嫣紅難綰我的眼神，
絲竹管絃難繫我的諦聽，
——呵，或許，或許我宿夢未醒？

——一九八三年，天津

春朝

如一朵冉冉出水的芙蕖，
欲張還歛，眼波盈盈流睇；
是個凹下酒渦微微？舒愉——
剛夠注盛你淺淺的笑意。

呵，也許那是一滴清晨的
露珠，閃著七彩眩目光輝；
有虹橋彎彎，在秋水唱歌，
有柔情漾漾，在心海飄飛。

這是一瞬間，卻也是永恆。
因為太陽永遠照在天際，
因為真理和愛不能幽閉。

你別說那是昨宵的眼淚，
縱然昨宵淚水點點滴滴，
今朝也已化成甜甜的蜜。

——一九八三年，天津

心靈的歌

我的書桌上有一棵玉蘭，
開放得那麼素淡而幽雅；
她笑吟吟地在枝頭垂掛，
含情凝睇雙目一如清漣。

她那瓣瓣濕潤使我魂牽，
和暢的清風拂蕩在盛夏；
她那瑩瑩凝脂使我嗟訝，
純潔的飛天在無聲蹁躚。

呵，哪來的陣陣沁肌香味，
使滿室的空氣為之沉醉，
游移著飄飄欲仙的霧珠？

那不是世間的金玉珠翠，
呵，那是從生命的傲霜株
開放永不凋謝的真善美。

——一九八三年，天津

希望

你別說明天如花之在鏡，
只是永遠取不到的虛妄；
你別說希望如美之在夢，
醒來時留下的只是失望。

明天，是鋪滿醉紅的香徑，
長著長青的樹名叫理想；
希望，是撲動雙翼的彩鳳，
在生命的雲海歡蕩輕槳。

儘管地裡稗苗不種自長，
儘管郊野莠草一時茂盛，
能遮沒太陽嗎——烏鴉翅膀？

只要香徑長芳，理想長漾，
只要雲海不枯，彩翼不冷，
世間呵，永遠有春光駘蕩……

——一九八三年，天津

月出

四山的暮色呵越來越濃，
像是壓垂下瞌睡的蒼穹；
旅人的腳下呵飄飄絕塵，
像是要剪穿那夜帷沉沉。

呵，那是電光微閃在遠天？
是昊蒼的乳汁流瀉峰巔？
黑夜的臉頰泛上了蒼白，
旅人的心上忘卻了飄泊。

夜長，也還沒有眷眷情長，
夜濃，也難盡滅盞盞亮光，
旅人聽見麼，河漢流寂寂？

雖然汗塵斑斑，衣襟霜凝，
雖然冷露寒淚，一般無聲，
——看，鋪氾征途呵，銀輝依依……

——一九八三年，天津

河上

洛清江水東去，晝夜不停，
如絮語，如嬌啼，聲聲嚶嚶；
前浪呵，後浪呵，何從區分？
綿綿延延呵，無界亦無痕。

我只看見它短短的一程，
也只看見它生命的偶呈；
它無時無刻不變幻波紋，
它在，又不在，從何處找尋？

時間呵，也是這樣一條河，
現在，無刻不在成為過去，
未來，倏逝有如驚鴻掠羽。

生命呵，也是這樣一條河，
只有中流砥柱巍巍屹立，
才能索解它內心的秘密。

——一九八三年，天津

讀史

海上一潮方落又漲一潮，
日曆轉過一帆又張一帆，
書頁掀過一篇又是一篇，
歷史流逝了一朝又一朝……

多少興亡盛衰駭浪驚濤，
如俄頃飄散的過眼雲煙；
多少英雄美人寶劍胭脂，
在時間塵土下玉碎金銷。

呵，我伏案耽讀不過數月，
書中已消溶了千次冰雪。
只有窗前殘月，依然如鉤……

呵，縱你未必也載册傳世，
但人們心中也有本歷史。
你呵——十年猶臭，是薰是蕕*？

——一九八三年，天津

* 《左傳》：「一薰一蕕，十年尚猶有臭。」

未來

我相信未來，正如我相信
善會戰勝惡，美會戰勝醜；
我相信未來，正如我相信
明天太陽還會東方吐秀。

你說未來是難解方程式，
就像少女的心一樣隱秘？
我說呵，透過靈魂的窗子，
是會流露出深藏的秘密。

你說未來是個不盡除數，
幻影似地總在前面誘惑？

我說那正是希望的甘澍，
像露珠在花瓣兒上閃爍。

呵，我相信未來，光華燁燁，
它指引我攀登三山五岳。

——一九八五年，天津

憶秦娥

——和李凌冰

心同結，
夢魂猶寄雞鳴月*；
雞鳴月，
流霜飛露，
洗淨塵屑。

雲山煙樹重千疊，
齊州九點皆春色；
皆春色，
紙船瘟送，
海天寥闊。

——一九八一年，天津

* 四十年代與凌冰兄結交於金陵雞鳴寺下。

第二輯

江南散弦

贛江

越嶺、穿山，
黃色的贛江呀，
新生兒的臍帶。

汽船
從身上跳過，
白帆
在身上飄浮。

是故鄉的探望者呀，
贛江——

你能告訴我
春風帶給故鄉的，
是多羶腥的血流？

贛湘公路

你——
紅色的，
蜿蜒著
從江西到湖南。

載重汽車
奔馳在你脊梁上，
邁向遙遠的西南。
——從金華來的，
從寧波來的，
從溫州來的，

從上海來的呀……

你——
蜿蜒的贛湘公路，
急遽跳動的血脈，
疏通了戰略物資……

楓　葉

楓葉呀，
點染輕淡的秋空。
像野火，
燃在山崗，
燃在渠旁。

楓葉
是血腥的寫照，
是控訴敵人屠殺的罪狀……

夜

寂黑的
恐怖的夜呀，
黃昏，
走盡了拖長的
彗星底尾巴。

怯懼嗎？
在窗外，
有戰鬥的聲音
正呼喚你。

囚室夜曲

夜裡，
誰尖仄著喉嚨，
唱一支悲歌？

嗓音像一根針，
荒墳間
有女鬼的哭聲。

默默然
冷笑一聲，
佇望鐵窗外的黎明。

大水

雨，不停的雨，
誰在天上倒傾？

電閃，
雷鳴，
震撼在難眠的夜裡。

天明，
到處是水，
大路小路都是泥塘。
贛江的水呀
陡漲了尋丈！
村民驚呼說：
「要漲大水了呀，
樹上有三四隻咕咕鳥叫！」*

——一九四一年一月，江西杏嶺

* 俗諺：「一咕晴，二咕雨，三咕四咕漲大水。」

星

夜深沉。
深沉的夜裡，
天空是那麼漆黑，
漆黑得像你的黑眼仁。

黑夜裡有掉隊的旅人，
挾著行吟的詩篇，
煢煢地歌唱著，
歌唱友誼、愛情、光明。

天空漆黑了森林，
森林裡沒有斧伐丁丁聲；
旅人昂首向天，

想從夜空中
覓尋屬於他的星星。

逝去的日子，
有如腳底下的行程；
為什麼要悼念往昔呢？
他要的是，
給旅人以晨星！

請看：
她是那樣亮晶晶！
亮晶晶的星星呵，
正照射著仰望的旅人。
（那亮晶晶的星星，
不就是你的瞳仁？）

我呵，一個愛星星的旅人，
你的瞳仁就是我的星星！
閃亮的瞳仁中，
有我不可磨滅的身影，
在歡欣地高喊著：
「我要給你以晨星*」！

——一九四一年八月二十日，杳嶺

* 引自路卜洵：《灰色馬》。

七月的陽光

一

在亞熱帶的南方，
土地被炙熟了，
照射著七月的陽光。

棕色的土地，
棕色的果園，
還有棕色的皮膚，
成熟的七月
陽光伴著荔枝裂開嘴笑。

美好的七月呵，

鳥雀也在縱情歌唱。

二

質樸的農夫們
望著澄碧一色的天空，
微笑地喃喃嘮叨：
「夜裡落雨日裡晴」！
稻桿也隨風頷首相應；
黃金穀挺著肚子，
像孕婦快要臨盆。

在亞熱帶的南方，
照射著七月的陽光；
七月的陽光
灑滿在地頭田畦上，
打著節拍的稻浪，
伴隨陽光歡聲高唱。

在亞熱帶的南方，
抗戰的第五個年代，
又要以豐收
迎接七月的陽光……

三

城裡的騎樓下，
馬路的人行道上，
千百雙眼睛，
在七月的陽光焦炙裡，
用熱情的歡呼，
在為抗日勇士送行。

抗日勇士們，
以整齊的隊列，
莊嚴地行進在大路上，

——在七月的陽光下，
　在亞熱帶的南方。

七月的陽光
炙熾了戰士的臉龐，
炙熾了戰士的心腸，
——在亞熱帶的南方。

四

七月的陽光，
照射在亞熱帶的南方。

荔枝成熟了
稻穀成熟了
戰士也成熟了
一切都成熟了……

我們，年輕的歌者呵，
也都成熟了，成熟了！
聽呵，我們同聲歌唱，
歌聲是那麼嘹亮，雄壯！
在七月的陽光下，
在亞熱帶的南方。

——一九四二年夏，江西泰和

騎馬下海的人

——讀《冰島漁夫》

一

浩瀚的，浩瀚的
大海呵
海燕和水鳥
白帆……的海
野馬狂奔
風集合……的海
不夜的海
不死的海
Moires 遊戲的海

好壯麗
好雄偉……的海呵

二

潘保爾的
二月的末旬
男人們要騎馬下海去了
薩木龍爾・亞仈尼德號
瑪里・貞德號
瑪麗號……

男人們要去冰島
遠遠的，遠遠的
永遠在潘保爾女人
夏夢中的冰島……

船都掛帆了
馬都在嘯
女人們用淚水
　用祝福
　　用永遠的眷戀與溫柔
在海邊
擁抱著丈夫
——長長的熱吻
海邊，多好的天氣
女人們凝望著
片片白帆
縮成點點……
丈夫們遠去了
戀人遠去了

——今年，是哪條船
不再回返

三

男人們走了
騎馬下海去了
拋下一切溫情
一切憶念
去遙遠的冰島
尋找渺茫的命運……
每個男人都知道
不是今年便是明年
總有一天
海會把他噬吞
村裡的墓地

為騎馬下海的人
準備了紀念碑
——永不返歸的白帆呵
潘保爾的二月末
好憂鬱……

四

潘保爾的男人，注定
要和海結婚的
歌忒呀
堯思怎能伴你
進入教堂舉行婚禮
就是在最幸福的時刻
海也在你們身邊
嫉妒地咆哮喧嚷……

五

去了，去了
雷奧波爾丁
和點點海的星星
去了，去了
望也望不見蹤影

去了，去了
堯思去了
騎馬下海去了
　下海去了

你哭了嗎？歌忒
哭吧，哭吧
淚珠，海水……
騎馬下海的人遠去

哭也哭不回

六

海在呼嘯
八月就要完了
秋天就要完了
雷奧波爾丁呢
——回不回來呀
騎馬下海的人

附記：讀了洛蒂的《冰島漁夫》，心頭充塞著溫情的憂鬱。並使我想到英國戲劇家約翰沁孤的《騎馬下海的人》。在寫下海與人生這點上，兩者是有共同之處的。「騎馬下海」當然只是象徵，有較濃的哲理氣息；《冰島漁夫》也蘊含著哲理，只不過是在溫情與憂鬱底下瀰溢出來的。

——一九四二年八月，江西杏嶺

黃昏之獻

一

請了，年輕的歌手
請用你的歌宣告
我，黃昏已來臨
我已曳起長長的黑裙
踏著夕照的腳印而來臨

讓辛勤的農夫
歇下鐮刀回家吧
讓忙碌的工人

關停他的馬達吧
讓辦公室的工友
搖響下班的鈴聲……
我帶給所有的人
勞動後的休息
我帶給所有的人
倦怠後的溫馨

二

請了，年輕的歌手
請用你的歌宣告
我，黃昏已來臨
我從天際緩緩前來

邁過田野，越過樹林
帶來悠悠的和風
帶來淡淡的寧靜

請告訴村婦關好雞塒
不要讓黃鼠狼光臨

請告訴勤讀的學生
放下他的「熱力工程」……

呵，還請告訴年輕的情侶
最甜蜜的黃昏已來臨

三

請了，年輕的歌手
請用你的歌宣告

我，黃昏已來臨
我不是給他們帶來黑暗
我不是給他們帶來沉淪
我給他們明天的膂力
我給他們明天的精神
我帶來的是明朗的月亮
我帶來的是閃閃的繁星
我帶來的還有
黑夜後面的黎明……

——一九四二年，江西杏嶺

夜行軍

一

像蚯蚓般
濕膩的夜
像井水般
寒冷的夜
黑黑的
無聲息的夜呀
我們來了
拜訪你們——

沉睡的村莊
沉睡的樹林……

「馬銜枚
人禁聲」

二

不要吵醒村莊
不要吵醒
胼手胝足的男人
紡紗哺嬰的女人
讓他們安穩地睡
　好好休息

悄無喧鬧的

我們夜行軍

三

「莫停步
輜重兵」
隊長也下馬了
穿過村莊中心

衰老的茅屋
嗯嗦的泥濘
貧窮的村莊呵
是那麼無告而孤零

在你苦難的土地上
留下紛沓的腳印
為了你們的明天

我們還要前行，前行

四

「變單行
強行軍」

天上是黑沉沉的
我們摸索著前進
穿過村莊
穿過樹林

有一顆流星
劃破夜空
曳著光的尾巴
墜落無蹤……

腳步追著腳步

為何如此空空傯傯
前面，黎明的河邊
戰火正濃
我們趕去增援
前線的弟兄

——一九四二年，江西杏嶺

那是我們的旗

一

那是我們的旗
獵獵地招展在晨風裡——
藍色的天吻著她
那像霧樣滑膩的
早晨的空氣擁抱著她
像擁抱柔情的愛人

承受眷愛
承受熱情的目光
承受第一線陽光
在晨風裡獵獵地鼓盪著的

是我們的旗呀
（我們的旗
像我們的槍
是我們的戰友
是我們的伴侶）
看呵，她招展在晨風裡
是多麼鮮豔、多麼妍麗
——我們的旗
是我們血染的
旗，就是我們的生命

二

那是我們的旗
我們的旗引導我們前進
像快樂的少女

那是我們的旗

我們的旗
又跳又笑
奔走在春天陽光裡

旗在歌唱
旗在和我們私語
「衝向侵略的敵人
在衝鋒號聲裡……」

呵，我們的標幟
前進的指路碑
——我們的旗

那是我們的旗呵
我們的旗帶我們走向勝利

——一九四三年二月十二日，江西杏嶺

破路

好黑好黑的夜呀！
如送葬的行列；
天就像覆在我們頭頂，
我們好像聽到黑暗悄行的聲音。

這便是我們常常工作的田野麼？
這便是我們汗血浸哺的土地麼？

我們的心像黑夜一般沉靜，
跳著的心叩著跳著的心；
就是在這裡麼？
昔日曾用我們的汗鋪成的路基和鐵軌，
昔日我們曾用泥土擲向列車，
代替我們欣忭的歡呼……

破　路

今日我們又摸索在鐵路邊，
路軌像僵蛇似地冷森森；
鉗子，鐵鎬……
輕輕地撬起，
扛上肩去呀，伙計！

是我們建築的，
讓我們拆毀！

工作的熱忱，
驅走了恐懼，
看著鐵路像腰斬的毒蛇，
橋樑折斷了背脊。
——即使在好黑好黑的夜裡，
我們也看得如此清晰。
遠遠處，傳來隆隆的震動聲：

那是身著黃呢軍服的敵人
押運載滿列車的軍需……

走吧，伙計！
我們空手來
扛了鐵軌回去。
就讓鬼子們葬身在這裡——
讓他們自己的炮彈
把他們炸成灰泥！

好黑好黑的夜呀！
一個挨一個，小心！
不要呼「邪許」，
我們悄悄來又悄悄去，
把路軌搬到西南腹地……

——一九四三年二月十八日，江西杏嶺

囚徒之歌

「打開牢獄的門吧
給我陽光
給我黑亮眸子的少女
給我栗色的馬吧
讓我恣情地吻著
青春柔嫩的少女
而且跨著馬
奔向遼闊的曠野」*

打開牢獄的門吧
離開潮濕和陰霾
離開尿臊和汗臭
離開嘆息和痛苦

走向陽光
走向自由
走向幸福

打開牢獄的門吧
讓我把希望的火種
播在城市
播在田野
播在男人和女人的心中

打開牢獄的門吧
你們囚禁不住
蓬蓬勃勃的青春朝氣
你們囚禁不住
活活潑潑的思想馳騁

呵，「打開牢獄的門

給我黑亮眸子的少女
給我栗色的馬吧」
讓我跨上駿馬
端起來復槍
匯向戰鬥的鐵流
——讓少女的眸子永遠黑亮……

——一九四三年，江西杏嶺

＊引自萊蒙托夫：〈囚徒〉。

露珠

很晚很晚的夜晚
失眠者也入夢了
很晚很晚的夜晚
月亮也墜落了

露珠便悄悄地走來
——從夢寐的嘆息中
　　從星星的閃爍中
穿過默如墳墓的夜街
穿過靜如止水的曠野
用姍姍的步履走來
——帶著輕輕的微寒

露珠

默默地偎在花瓣上
默默地倚在綠葉上
默默地立在草尖上

張著滾圓而天真的眸子
不睞眼地仰望天空
聆聽黎明車輪的響聲

是呵，是她迎來
每一個黎明，迎來
每一個出太陽的早晨
——伴隨鳥雀的歌唱
　　伴隨花朵的淺吟

在出太陽的早晨
露珠因歡快而戰慄
當陽光撫弄她圓潤的軀體

歡快使她閃耀七彩寶石的光輝
花朵裝飾得更美麗了
黎明裝飾得更錦簇繽紛了
如痴如醉的露珠
就在陽光中逝去……
因為太陽、黎明
接引來的是光明
請摘拾最後一滴露珠
裝飾在自由和平的拱門……

——一九四三年，江西杏嶺

花朵

藍色的花朵
粉紅色的花朵
紫色的花朵
朱紅色的花朵
各種各樣的花朵呀
都在翩翩地起舞
都在陽光下
映著晶瑩的眼珠

像是天上的星星
化作各色的蝴蝶
撩人眼目地縱橫交飛
像是七色陽光的異彩

花朵照耀在人間
大地成為花海了
花海帶來了春天

呵，這麼多
這麼多美麗的花朵
匯成一片花之海
許許多多美麗的船
張起五彩斑斕的篷帆
駛向自由和平的港岸
你們都來看呀
看這海市蜃樓般的奇觀
或駕花的舢板
隨她駛向遥遠，遥遠——
張起恬靜的藍帆

張起熱情的紅帆
張起自由的嚮往
張起戰鬥的旗幟呀
駛向遠方的海港

那開著更多更多的
更美的真理花朵的海港呀

去吧，去吧
少男少女們
去呼喚花朵
去與花朵同行

駕彩色的花帆
用理想的羅盤
向海洋，向自由的
開放美的真理花朵海港

——一九四三年，江西杏嶺

夜，暴風雨來臨

最後的一線陽光
還掛在小叢林之上，
黑雲就把它遮蔽了。
黃昏像個小偷
悄悄打人前蹓過，
黑夜
就躡蹤而來了。

是黑雲混在黑夜裡，
還是黑夜混在黑雲裡？
從四面八方
一擁而上……
一重疊上一重

堆滿黑夜，堆滿天空。

沒有星星頑皮的映眼了，
沒有月亮羞怯的臉龐。
夜的天空，像暗藏著
萬千的鬼蜮虎倀。

連風也隱藏了，空氣像
僵硬的死屍，
沉濁的氣壓
悶住每一顆心，
讓人們根根毛孔
爆出煩躁的汗水。

醞釀暴風雨的
密雲期的黑夜呵。

……漸漸地，漸漸
像從夜的罅縫中鑽出
習習的微風……

風，「侵淫谿谷」*了，
肆意地掠奪、佔領，
隨之就「飄忽淜滂，激颺熛怒」*——
電閃得令人心驚，
雷響得讓人膽戰，
像在天空炸裂……

風，肆無忌憚了……
狂飆橫吹倒捲，
裂帛似地
呼應著炸雷。
——幃帘驚得狂舞了
樹木驚得狂搖了

門窗也驚得要逃跑……

一點、兩點……
像小心的偵察兵，
試探地落下來；
尖兵來了，隨後
大隊人馬來了……
雨由點到線，由線到面，
以無比的急速
傾盆……

如此強勁的大雨呀，
捶打著大地
捶打著人間
拔樹，捲山，
連屋瓦也被掀開，
闖進了臥室、廁圈

雨聲掩蓋了人聲，
雨幕遮沒了樓台寺觀，
　模糊了愛與恨，
　模糊了忠與奸……
只有狂風挾暴雨的馬蹄
在到處馳騁……

——一九四四年十月二十六日，江西吉水

* 引自宋玉：〈風賦〉。

航海

我有如雲的幻想
亦愛弓鞋般可愛的小船
幾時趁它去航海罷
海的遼闊
正如多幻想的雲天

海上陽光是可愛的
但兩顆流眸般的星星更可愛
你笑我撐傘遮星光
實際我是把它當帆
——帆亦如浮雲
從它的罅孔
偷看廣寒宮少女的嬌豔

但當我返棹時
希望有風雨如煙
海水按節拍歌唱
我欲醉而成眠……

星星會語罷
不當笑我太貪婪
你看那楚楚動人天邊
描上一道彩虹了呢
——如欲滿足奢望的心願

——一九四六年春，南昌

私語

恬靜如黃昏
白雲映滿天光輝
想霧髮般的夜嗎
天空還襯照著欲動未動的
兩朵游移的紅雲

瞑思當亦可想到
秋水是一脈澄波
隨自然的旋律
伴彩雲起伏

是的，你知道
水亦會語

人們的手亦會語
所以，不用如初戀的綠樹
躲閃而矗立於半空
別怕有人竊聽了秘密
只有我能讀知你無言的默語

呵，莫叮嚀
別地沒有我的星光
嫦娥會為我作證

——一九四六年春，南昌

荒園

荒園裡插著一根根標記
殘敗的危墻望著月亮
懷著昔日燈紅黛綠的憶想

六年像一個夢
午夜夢回的時候
繁華已化作一堆灰
儘你去思索，哪兒你還釘過
一枚閃閃發亮的洋釘……

月亮也已下去了
荒園裡只有孤星凋零
野狗嗅著逡巡
一似尋覓舊日的主人

——一九四六年春，南昌

曠野

遠遠的遠處
在河流的那邊
有一絲微風
舒緩地起步
於是整個曠野
有如籠上一抹薄霧

雲雀嘹喨的歌聲
在曠野急下又飆升
Aberon 底仙角
也奏起了 Romantic 樂音

曠　野

碧綠的青草入迷了
玉白花朵平添紅暈
曠野沁滲淡淡的芳香
醉得我心怡神潤

迷惘地側耳諦聽
曠野的天籟自成
冉冉升起生命……

——一九四六年春，南昌

夜航船上

夜航船上
首枕陳舊的船板
藍天作被蓋
星星伴我眠

聽流水從身底響過
讓人想起了生活——
像水流潺潺長來
又像水流漸漸泯沒

江干有或人雅士
縱目眺晚景遼闊
月下見雲煙、孤帆

夜航船上

不知有人在為生命把脈
唉，心與心是如此難於溝通
探索生命的秘密豈不更難
桃樹李樹下自成蹊
遠處聲聲寺鐘遲遲報晚

——一九四六年春，南昌

花徑懷古

輕輕地、輕輕地踏上「花徑」
莫驚擾詩人的吟輿

輕輕地、輕輕地踏上「花徑」
莫攪碎芳菲成林的花影

輕輕地、輕輕地踏上「花徑」
讓詩人在這兒
覓取春歸的路程*

縱使春去已很遠很遠
已經望不到司馬音容
也拾不起一片落英

我們傾聽又傾聽
也聽不到春的腳步聲……
還是請你輕輕地
輕輕地踏上「花徑」
莫驚破沉重的思古幽情

——一九四六年七月二十七日，牯嶺

* 白居易〈花徑〉詩：「人間四月芳菲盡，山寺桃花始盛開；長恐春歸不知處，不覺轉入此中來。」

登御碑亭

五點鐘貼一角斜陽
如訴說仙蹤的渺茫
御碑亭強掃欲眠的眉角
說不盡千年萬載的滄桑

不用聽碑文的嘮叨
不用摩挲石書嚮往
且縱目亭下江山罷
田野葱蘢，江如飄帶
遠處雲海蒼茫……
何處是人間、何處是仙鄉

不為仙蹤難覓而悵惘

登御碑亭

只羨慕鳥兒自在來往
我幻想亦振翅能飛
翺翔於青山綠水之上

萬斛煩愁便統統卸下
千根情感的絆索
化成飛天的錦裳

就這樣逍遥於世外
與山間流英共瀟灑……

六點鐘抹淡淡夕陽
如佛堂黯黯的幽光
御碑亭沉沉於水流聲
嬾去嘲笑生命與滅亡

——一九四六年七月二十八日，牯嶺

竹林隱寺

重重疊疊山壓著山
有人扶籐杖履芒鞋
去頂禮訪尋不到的竹林隱寺
於重重疊疊的山間

「哎，請為我通報吧」
但山岩如入定僧人
聽不見抑或是不聽
這心靈叩扉的呼聲

於是只好悵惘地徘徊
在不可見的寺門前

幻聽風雨中聲聲鐘梵
　夕陽裡寺影斑斑*……
但直到山霧籠上暮靄
還是一無所見　訪寺人
快快轉過一山又一峰
忽悟「空即是色，色即是空」……

——一九四六年八月一日，牯嶺

*《徐霞客遊記》：「竹林為匡廬幻境，可望不可即。臺前風雨中，時聞鐘梵聲。」說者謂：「每當夕陽西照，寺影斑斑可考。」

黃龍潭觀瀑

有人在黃龍潭前觀瀑，
瀑霧迷濛了他的眼睛——

是銀河在山間奔騰？
是矯龍在絕崖舞動？
有萬千碎珠在空際飛迸……

這都是心生的幻景吧？
還是瞑目坐在苔石上
聽墜珠萬千交織的絕音

卻不料有萬種思緒、千種感情
像潭底濺起的水花

黃龍潭觀瀑

從心底隨瀑聲躍升

只好嘆息一聲張開眼睛，
萬千情感如瀑布墜入深沉，
都凝結成潭水般暗綠的憂鬱。

此刻，瀑霧也迷濛了他的心，
只有谷風在周際迴蕩，
乃聽見萬山靜寂而無聲……

——一九四六年八月三日，牯嶺

那些日子遠去了

一

那些日子遠去了
　遠去了
像消失於夏夜的
春花芳馥的濃郁
像遺失於醒時的
夢中美妙詩句
像乾涸於陽光下的
晶瑩剔透的露珠

那些日子就這樣
遠去得無蹤無影

二

那些日子遠去了
追呀趕呀也追趕不回
那些日子遠去了
尋尋覓覓都白費
我呼喚又呼喚
也得不到它答應
我諦聽又諦聽
也聽不見它遠去的腳音

像美麗的海市蜃樓
只留下印在腦海的幻影
像沙漠中的旅人
只留下孤獨的腳印

三

在那些日子裡
母親與我相依為命
分給我以她的肌肉
分給我以她的血液
分給我以她的靈魂
分給我以她的生命
她的瞳仁裡住著我

我就是她跳動的心
她的笑就是我的笑
我一哭她就心驚

四

她以自己的體溫
來溫暖我的小生命
不讓風霜雨雪將我打
不讓蚊蠅臭蟲把我侵
還有一個親昵的聲音
在我床邊唱催眠曲
還有一只溫暖的手掌
在撫慰我的肉體與靈魂

我在母親的愛氛中長大
母親在我的長大中清癯

五

那些日子遠去了
　　遠去了

歡樂的日子過得特別快
像流水一樣地嘩啦啦

鏡中再沒照見
讓我偎倚著的媽媽

她的紅唇哪去了
多少個吻曾印在我雙頰

無論什麼時候想起這些
我都只有不眠之夜

六

如今我已飽受
風霜雨雪的鞭撻
蚊蠅臭蟲咬得我
遍體都是創痕傷疤
再沒有母親寬大的胸懷
摟住我來呵護
再沒有母親溫暖的手
來為我撫拍
槍戟刀劍都要自己去對付

峻嶺崇山都靠自己去爬

七

我只能用自己的嘴
來舐創口的血
悲傷地回憶起
在遠去的那些日子裡——
在我發燒灼熱的眸子裡
映閃著母親的淚水
或者虔誠地燒香拜佛
在神靈前三跪九叩首
「求菩薩把我的孩子保佑
我寧願折我的壽……」

往事潮水般湧上心頭
我的靈魂也為之顫抖

八

那些日子遠去了
　　遠去了
流過去的水不倒流
遠去的日子不回頭
到哪裡去追溯
到何處去尋找
小學畢業的時候
母親送我一塊夜明錶

夜明錶還在滴滴答答走
我卻失去了母親燦爛的笑

九

呵，那些日子
遠去了，遠去了

盛宴散了
燈一盞盞滅了

音樂會落幕了
音符在空間消失了

只有年輕的詩人
還在執著地追索
追索遠去的那些日子

追索生命中的最最美好
時間會成為過去
記憶卻永存不朽……

——一九四六年十一月十二日，南京

生命

生命像張白紙
時間為他寫滿黑字
——也許是篇頭痛的論文
也許是篇散文或小詩
也許是個溫馨的愛情故事
也許滿紙塗鴉什麼也不是……

它從不讓人修改塗抹
也不讓橡皮擦去重新開始
但有一天時間忽然厭倦
把寫滿字的紙揉作一團棄擲
生命從無處來又向無處去
便再也找不回那張白紙

——一九四七年三月，南京

春天

午睡醒來頭腦昏沉
陽光柔和人說是春
夢裡好像過了悠長一生
但仰望藍天飄浮嬾散的雲
卻又像悠長一生只是俄頃

傷感像從夢裡入懷
想想少女少男
此刻正在談情說愛
春天或是跳躍在我門外
我卻無意請她進來……

——一九四七年三月，南京

病

今天我去看望朋友，
肺結核病房一片肅穆。
蒼白的臉像蓋身的被單，
頰上兩朵晚霞似訴說日暮。

那不是愛情的玫瑰，
而是有毒的罌粟！
他有氣無力地向我頷首，
微笑裡卻浮蕩著痛苦。

好像陽光萎謝的園林，
此時心情該都是淒楚。
人是一根脆弱的蘆葦嗎，
會受制於比螞蟻還小的菌族？

——一九四七年三月，南京

夜街

街巷冷寂如墳墓
夜風打著唿哨而過
路燈的光也是寒冷的
好像可以聽出它瑟縮的戰慄

高樓緊閉著門扉和窗户
帘帳掩住了幸福的鼾息
儘風雪在街巷揮舞長鞭
財勢的夢鄉溫暖而熨貼

但有痛苦的嘆息和喘急的咳嗽
從棚屋縫隙飛到夜街
——寒冷這不速之客

就粗暴地充塞那縫隙
此時，我們的報紙編輯
袖著手走過這噩夢的街巷
帶著揮不去的寒凍和剛編完的戰訊
去尋覓失眠停泊的海港……

——一九四七年，南京

失眠

失眠的夜裡輾轉於床上
思緒的小河越流越長
萬千幻像如濃霧散去又奔還
找不到睡眠憩止的方向

隔房鼾聲響如雷鳴
不知他夢裡甜蜜還是酸辛
失眠者怕引燈燭去照亮
熟睡者死屍般的臉相

魔鬼在床邊嘈雜地舞蹈
帶給失眠者過去的歡樂和哀悼

煩擾的擔子愈壓愈重
像錘子一下下敲擊頭腦——
神經如鐘錶滴答滴答轉動齒輪
失眠者諦聽時間磨蝕生命的聲音……

——一九四七年，南京

歌　女

你的歌聲隨著你的命運
流著，流著
像繞過這都市的河

歌聲裡，你訴說什麼
想從河裡撈回失去的夢
——連你自己
也不知那是哀、是樂

你用你的歌聲
織成「生活」的幻景
從臺下怪叫的喝彩聲
從臺下貪婪的色情眼睛——

燈光裡散射七色的虹
有淚水在眼中浮動……

——一九四七年春，南京

荊棘的花冠

懷遠

七星岩下，
漓江水濱，
曾布下我的腳印，
像河水布著沙礫。

即使是沙礫，
在懷念中，
在記憶裡，
也會是珍珠……

影

拖著一個

忙碌的影子，
邁過了
千山萬水。

在金戈鐵馬中，
偷一份閑情
窺鄉野小溪裡
嘆息
影子的瘦癯……

樹林

百株千株樹木
擠在一起，
——親密地。

一個樵夫
揮他的利斧，

響起丁丁伐木聲。
樹林響起訇訇怒聲，
像湖水，淹沒了
樵夫的歸徑……

希望

跌入一個
苦惱的深淵，
像一枚小錢
擲在古井裡。

撕開心頭的陰霾，
在黎明的陽光中
就會看到
希望在鼓掠金翼。

清明

墳場掛滿紙錢，
爆竹、燭光……
死者、生者，
團聚在清明節間。

想起了我家祖墓，
買一個花圈，
敬奠在
抗戰紀念碑前。

長江

越嶺、穿山，
九曲、八彎，
浩浩長江呵，
新生嬰兒的臍帶。

匍匐在你身上的
是孕婦般的汽船，
撫摸著你肌膚的
是溫柔的白帆。

大地的血脈呵，
古今的年輪；
你橫貫萬里呵
思接千載……

歌

歌
在跳躍；

歌
在飛翔；

亙古至今
歌永不死亡。

有歌聲的地方
就有歡樂，
就有生命成長。

星

星星睒著眼睛
在夜的天空上。
旅人從它
找到了方向；
我們從它看到
光明永不滅亡。

——一九四七年十一月，南京

都市

都市如刮光臉孔的紳士
都市如盛開花朵的毒罌粟

呵，都市如冶容誘人的蕩婦
用巍峨的建築
用凌亂的腳步
用爵士樂的喧囂
袒胸露乳……

垃圾在大街小巷發臭
尿臊在角角落落流布
在都市的生活裡
酒色財氣到處充斥

都市呵，是被綠藻

覆蓋的一潭死水
誠實的生命枯萎了
真理的聲音窒息了
到處是欺詐與交易
到處是金錢逞淫威
到處有吸血者的笑聲
　酒吧調情的鄙猥
有人在都市裡哭泣
有人在都市裡呻吟
都市用一千塊錢
就能逼死一個人……
呵，都市，
都市如刮光臉孔的紳士
都市如盛開花朵的毒罌粟……

——一九四七年，南京

生活

生活是痛苦堆積的山，
生活是痛苦匯聚的河，
生活是背負過多痛苦的駱駝，
生活是支痛苦的歌。

像軛下蒙眼的牛，
拖帶沉重的石磨；
腳步逐著腳步團團轉，
不能喘息——有鞭子，有吆喝……

理想的樹開不出花朵，
希望的綠葉也在枯褐；
做牛做馬做到何時

生活才能走出困厄？
是誰奪去我們的大片土地？
是誰掠走我們的株株麥禾？
是誰偷摘我們頰上的玫瑰？
——付給我們苦難與干戈？

撕開眼上的黑罩，
敲碎奴隸的鐐鎖！
嚙蝕牽鼻的繩索，
要回我們自己的生活——

截斷那痛苦的河！
讓我們高唱自由的歌。
甩掉壓在身上的座座大山，
讓我們自自在在地工作……

生活就不再是痛苦，
生活變成歡樂的河；
我們手牽著手行進，
——愛，取代掠奪。

——一九四七年，南京

橋

斑駁的老石橋呵
在河流胸脯上橫跨
弓起衰老的背脊
任由萬千人踐踏

滿頭荆棘的亂髮
披拂滿身的瘡疤
慣看多少新事、舊事
出現在橋上、橋下

有情侶的愛語
有怨偶的眦睚
有弱者的歎息

有戰士的馳馬……
不信命運能播弄人
不信狂風能摧殘春花
從此岸渡向彼岸
他願是銀漢仙槎……

——一九四七年，南京

黎明的企望

在矇矓的夢中
我看見忙碌的詩人
在黑夜中給人們
遞送「黎明的通知」——

打開所有的窗子來歡迎
打開所有的大門來歡迎

叫醒一切愛生活的人——
工人、技師以及畫家

「請歌唱者唱著歌來歡迎
用草與露水滲合的聲音」*

黎明的企望

我聽到從山谷那邊
從波濤洶湧的海上
從原野的邊際——

踏著晨星與露水
紛散著眩目光芒的
滾著金色輪子而來的
黎明的聲音……

我聽見黎明和詩人
熱烈握手的聲音

我聽見黎明在致謝
詩人為他第一個早起——

用火熱的詩句

用海浪的音節
用晨霧的旋律
　來迎接黎明

我聽見鳥雀
為了詩人的通知
在唱著讚歌——
用那超絕塵世的
露水般清澈婉曼的聲音
黎明的乳汁流出天際
像是黑夜的淚珠
我聽到貪睡的大地
蘇醒的呵欠聲

黎明的企望

我聽到守夜哨的小河
在抖擻精神

呵，我清楚地聽到
黎明清掃殘夜的聲音

為了詩人的吶喊
黎明的通知在田野上紛飛

我聽到激動得顫抖的晨興號
波浪似地反覆旋迴
穿過初醒的樹林

我聽到為痛苦所折磨的
徹夜不眠的病人
吐出歡悅的嘆息聲

我聽到男人和女人
快快地爬起
丟下黑夜噩夢的記憶

我聽到牢獄裡
也開號迎接黎明

我聽到晨風
在歡悅地呼叫

我聽到農夫們雪亮的鐮刀
刈在成熟的禾穗上
像黎明鼓著翅翼的聲音

我聽到工廠的汽笛
在大聲呼喚
「愛工作、愛生活的人們

快快用戰鬥來迎接黎明」*

呵，我聽到，我聽到
整個宇宙
唱歌來迎接黎明
——因為她正在來臨
突破黑夜的包圍
邁著戰鬥的腳步
走向期待了一個黑夜
又一個黑夜的人們
帶來——
我們渴望的自由與和平……

——一九四七年，南京

* 引自艾青：〈黎明的通知〉。

子夜

子夜，空氣也是黑暗的……

市街如孕育過多憤怒的球體，
子夜乃不如墳墓般寂凄；
遠處傳來賣夜宵的梆子聲，
叩敲著不眠人的心扉。

哪來厲聲吆喝？
繼之又是難堪的無聲。
有流彈尖嘯而過，
一如召喚撒旦的來臨。

連呼吸也為之窒息，

子夜，夜色如此深沉。
在無聲之中彷彿又有聲，
——是地火在運行？

那不是噩夢的痙攣，
那不是撒旦的猙獰，
是濃密的黑夜快爆炸，
流出的淡淡乳汁是黎明……

——一九四八年，南京

第三輯

登景山

依山高高疊著石級，
恰似百折飛瀑競奇；
拾蹬者學蜻蜓點水，
春的氣息濡染雙履。

山麓宮殿碧椽黃瓦，
看它級級俯首屈膝；
濃綠織成生命豐碑，
隨著腳步屹然升起……

——一九五一年，北京

頤和園

萬壽山東風喚醒松濤，
昆明湖輕舟剪破春流。
長廊伸展離弦弓箭，
石舫蕩波不肯羈留……

——一九五一年，北京

青雲片

脂膏銷溶在圓明園廊柱，
圓明園消失在火光中。
青雲片*是歷史的證人，
鐫刻封建王朝的噩夢。

——一九五一年，北京

* 青雲片為一巨石，圓明園遺物。現在中山公園內。

海港的早晨

海浪輕輕地拍打堤岸，
薄霧遮不住黎明的窺探。

曚曨輪廓勾繪出巨大商船，
替代了過去一支支桅杆；

空氣裡沾星星點點兒鹹，
一如在享用精神的盛宴。

鮮花在晨風中輕舞，
露珠在妍瓣上微顫。

呵，這是繁忙的港口嗎？

卻更像座美麗的林園。
別以為她從來就是這樣，
她有過黑夜似的苦難；
人們吮吸她的乳汁，餵她
泥沙的混濁蜜餞。
泥沙被疏浚沖涮，
清水芙蓉的容顏才呈現。
她像地平線升起的朝霞，
將烘托出一輪朝陽爛漫……

——一九五四年七月十三日，天津新港

出鋼

雷聲隆隆，野馬脱韁，
我心潮蕩激，
凝目注視，屏息靜氣，
——是錢江潮來的瞬息？

「呵——嘿！」
轟——鋼水怒沖，
像巨大的瀑布，
從天而降長虹。

火花激迸，我想起
節日夜晚的廣場中，
人流洶湧，舞波起伏，
激盪著半空的燈籠……

——一九五五年二月十七日，天津

登古長城

一重山疊一重山
千山萬壑數也數不完；
八達嶺嶺後有嶺，
古長城在上頭蜿蜒馳竄。

從平地飛上萬丈高峰，
像神箭留下九曲迹紋；
從高峰又直瀉山麓，
像萬丈瀑布洶湧奔騰。

千萬隻手，千萬個頭腦的智慧，
托出這道萬古彩虹，
千萬塊磚，千萬人的血汗，

凝成這道鐵的長龍。

我爬上它古老的城垛，
看萬山疊翠迤邐接天，
遠方奔來的風砂擦過耳畔，
像歌頌古代英雄的詩篇⋯⋯

是呵，就在這殘破的敵樓上，
還留有斑斑駁駁的戰跡；
古代保衛中原的勇士，
曾從這裡射出他的鋒鏑。

如今已聽不見金戈的撞擊聲，
也聽不見胡馬的爭相嘶鳴，
只有塞風捲起沙塵，
陣陣撲來迷蒙眼睛⋯⋯

登古長城

長城的歷史使命早已完成，
天天迎接參觀的友人；
各種膚色都在這裡流連，
個個滿懷禮聖般驚喜心情。

呵，一重山疊一重山，
千山萬巒數也數不盡；
八達嶺嶺後有嶺，
嶺上馳竄著古長城……

——一九五六年四月二十三日，天津

春天

一

「阿芳，你看這溪水多清澈，
快洗洗手，把臉孔擦擦清爽！」

溪水真清澈，就像
阿芳雙眼一樣又大又亮。

「喲，你試試這水多涼，
洗在臉上真舒暢！」

四隻手像在溪水中蕩槳，
兩張青春俏影攪成了碎浪。

「……哎呀，鬼丫頭不學好樣，
看我不澆你個渾身透涼！」
細碎水粒在溪上碰撞，
像大把珍珠從天撒降……
「饒了我吧，阿芳！澆濕了衣裳，
我怎去跟老鄉把歌唱？」

二

「阿香，這是什麼花？
又紅又豔就像你的臉頰！」
真像阿香的臉頰，
連含笑的酒渦也沒拉下。
「可惜長在高高陡坡上，

真想摘它一大把！」
一陣風來吹彎下樹椏，
陣陣花香直向姑娘們撲灑。
花香真撓人心窩呀，
姑娘爬上陡坡，腳下一滑——
「哎呀，傻丫頭小心呀，
快穩住，我托著你腰胯！」
纖纖素手攀住了樹杈，
俏臉孔映亂花美如畫。
青春，清歌，新花，
都在春天裡萌發！

——一九五六年四月二十五日，天津

在城郊大道上

城郊大道又寬又長，
大道上灑滿春天陽光；
卡車像航海的小船，
我們起伏在金色浪濤上。

少男少女們心裡盛滿歡樂，
歡樂像噴泉般迸出胸膛；
多少美好事物我們要歌唱，
歌聲隨春天的花香飄揚。

歌聲飄過歡跳的小河，
小河輕輕地為它鼓掌；
歌聲飄過滿頭綠絲的楊柳，

楊柳扭著腰兒飛翔。

歌聲飄到修路工人的耳旁，
他們停住號子隨歌而唱；
含笑的眼朝我們凝望，
揮舞的鋤頭像萬千金星閃光。

歌聲也觸動了工地組長？
他舉起小旗倚歌揮揚。
難道用小旗替代指揮棒？
不，他指揮交通把我們攔擋：

「請不要停留在前面道上，
十分鐘後就要啟爆山崗！
……請原諒我的打擾，
你們繼續前行，繼續歌唱。」

在城郊大道上

說得多豪爽又多平常：
「就要啟爆山崗」！
道路就這樣越修越長越寬廣，
高山峻嶺也不能阻擋！

座座里程碑閃過身旁，
歌聲也一路在生長；
山花到處無顧忌地怒放，
春風在田野如野馬般駘蕩。

呵，在春天的田野上，
到處有生命成長的聲響；
我們歡樂的心弦
清楚地觸到時代脈搏跳蕩！

時代的脈搏在我們心上跳蕩，
我們對生活不是隔玻璃窗眺望；

航船跳躍在金色浪濤上，
載我們去治水，要永定河投降！

——一九五六年五月二十二日，天津

致埃及人民

尼羅河親撫穆罕默德——阿里堤，
堤岸園林裡花香四溢。
太陽從「七二六」街背後升起①，
照耀著尼羅河的禮物埃及②。

在金字塔的國度裡，
曼陀羅呼吸清新的空氣；
「埃及的前途在於開發沙漠」③，
乾燥的熱風在藍牌前徘徊。

你們從流沙中挖出獅身人首像，
還要把不毛沙漠變成綠地；

你們獅子般的勇敢、寶石般的智慧，
和我們像清晨的露珠兩滴。

我們都是既古老又年輕，
在晚霞朝陽中共存五十世紀；
古老的金字塔和萬里長城，
今天又綻放鮮豔的花蕾。

我們栽種甜蜜的果樹，
你們修建獨立的石基；
不要戰爭——要和平，
不要仇恨——要友誼！

長江尼羅河在海洋匯聚，
讓我們把手緊緊攜起。

——偉大的中國！

「永恆的埃及」④！

——一九五六年五月，天津

---

① 「七二六」街是開羅中心幹線街道，為紀念一九五二年七月二十六日驅逐埃及國王法魯克而命名。

② 古希臘哲學家希羅多德士說：「埃及是尼羅河的禮物。」

③ 這是開羅市街上到處可見的標語，以阿拉伯文寫在藍牌上。

④ 埃及人稱他們自己國家為「永恆的埃及」。

爲埃及歌唱

埃及，埃及，
你的名字像浪花，
在報紙的海洋上翻飛，

埃及，埃及，
你的名字像空氣，
在電波的藍天上呼吸。

在尼羅河畔
世界文明的搖籃裡，
響起了震動海洋大陸的雄啼；

在吉薩沙漠中

尖尖的金字塔頂
閃亮著覺醒者尊嚴的光輝。

這聲音擊落了
塞得港殖民者最後一面旗；
這聲音淹沒了
沙漠上殖民者最後一雙腳印。

這光輝沖散了
開羅七十四年的濃霧，
這光輝扯碎了
蘇彝士運河恥辱的面巾。

你們拿回的
是本屬自己的東西，
像勇士把寶劍
插還劍鞘裡；

蘇彝士運河
流的不是異國海水，
是你們父親的血、
母親的眼淚。

只有「毒眼」才會
在這光輝中眩暈，
只有舐癰的舌尖
才品嚐出這聲音的不吉利！

只有螫人的黃蜂
驚得瞎撞瞎嗡嗡，
只有嗜血的餓狗
慌得狺狺地狂吠。

全世界人民的心

都在和你們一起跳動，
向你們傾瀉友愛的鮮花
和音樂般的讚美。

任何人也不能
把血管從你身上截去！
在你們守衛的眼睛後面
還有億萬雙眼睛！

——一九五六年五月，天津

海港燈船

在深廣的黑黢黢海上，
在巨浪咆哮激湧的海上，
是什麼在不停地跳盪？
是什麼在閃閃地發亮？

不是飄忽的秋江流螢，
不是天際的星星不是月亮，
是掛在海港廳前的門燈，
把夜海照得亮堂堂。

嚴寒霜雪凍不僵它的腿，
狂風暴雨不能熄滅它的光；
它夜夜呼吸著光明，

海港燈船

它朝朝第一個迎接太陽。

它代表港口第一個歡迎
載著友誼航行而來的海鳥；
它代表城市最後一個致意
祝遠去的風帆一路飛棹。

這燈光呵並不孤獨，
海上有千盞萬盞燈同放光照；
燈光與燈光融在一起
把我們和世界連在一道……

——一九五六年七月十七日，天津新港

觀書籍裝幀藝術展

孕藏光和熱的太陽，
鑲滾上璀璨絢麗的巾帨；
傳播智慧科學的書籍，
披裹著五彩斑斕的花蕊。

何待「瓶瀉椒芳、壺開玉液」，
早已「其樂陶陶，兀然而醉」……

——一九五八年，北京

此刻

——讀威廉・詹姆士

此刻，你何在？此刻
你充塞我心，充塞時空。
你無所不在，卻又
無處覓你蹤跡……

此刻，我在斗室徘徊，
此刻，浪潮在我心中蕩激，
此刻，白雲在我胸中游移，
此刻，鳥兒從我靈魂中驚飛……

此刻，王府井口綠燈剛剛亮起？
此刻，蝴蝶泉上有隻蝴蝶淒迷？
此刻，楓丹白露上空有氣球飄曳？

此刻，華爾街頭緣何鳴笛？

此刻，此刻，你披著
千件萬件五彩繽紛錦衣！
眼花撩亂嗎？不，那正是
時間體現的空間世界秩序。

我張手欲將此刻抓住，
此刻卻從我指間悄然流失。
我心遂消融於茫茫空氣，
無永恆，也無大歡喜……

——一九八〇年，北戴河

夜街

暮靄迴旋長安街上，
半空流過串串月亮。
金波翻騰銀波輕漾，
有如元夜龍燈舞蕩。

街呵，街的脈搏跳動，
條條血脈流向心臟；

月呵，月的豔麗面龐，
萬衆都在朝你仰望。

——一九八二年，北京

街頭工地

是五彩排筏還是仙槎
停泊在柏油河的兩邊？

明天彩筏仙槎返航，
眩目的美麗呵就會出現。

像阿里巴巴喊「芝麻，開門！」
呈露一座神奇的寶殿：

飛閣高高聳立於紫煙中，
層樓巍巍疊起在碧雲間……

我們是在昨日廢墟上

孕育珍珠般晶瑩的明天！

——一九八三年，天津

往事

記得，那湖，
那江上的陽光和湖畔的沙灘，
——遠去了，
全都如夢如幻。

留在心蕾上，不知
是苦澀，還是甜蜜；
像春日游絲，
欲漾開，卻迴迤。

呵，不像游絲，
游絲太飄忽無力；
不像江，不像湖，
江湖太波平浪寂；

不像陽光，陽光太溫柔；
不像沙灘，沙灘太安靜；
——甜蜜是濃鬱的，
　苦澀也深沉，深沉……

電閃，雷鳴，有硫味浸浸，
一如午夜枕畔淚水淋淋。
我想把一切全都忘卻，
一切卻都割不斷、理不清。

哪去覓往事憑證？
涉江蕩湖的路別後難尋。
陽光下影子，沙灘上足印，
在等待魚腹書、鴻雁信？

一幢幢小樓爬滿籐蘿，

一條條小路通向海濱；
根根籐蘿在我記憶裡顫慄，
條條路上有我心潮的回聲……

——一九八五年八月，北戴河

有待

你走過一遍又一遍的小路上，
陽光張開慷慨布施的金掌；
綠葉勾著青青滴翠的眉黛，
紅花睒著盈盈秋水的波漾。

你走過一遍又一遍的小路上，
流淌著我期待的目光；
水銀瀉地迴環往復，
載著又歡快又痛苦的翅膀。

衆裡尋她千百度，千百度，
也不是燈火闌珊處的迷茫。
驀回首你已推門而進嗎？

——只不過是心造的幻想。

白日就這樣消失，消失在
小路籠滿的夜色蒼蒼。
一夜雨聲澆熄了太陽，
目光又流淌在落紅斑斑的小路上……

——一九八五年八月，北戴河

青島海濱抒情

在青島的幾天，我住在海濱榮成飯店樓上，朝朝讓滄海拭洗我雙目，夜夜聽浪濤叩擊我的窗櫺……

朝朝夜夜，大海與我竊竊私語……

童話

三角形，蘑菇形，尖頂形……
海濱浴場小屋爭奇鬥豔；
淡紅，淺綠，嫩黃，天藍……
海濱浴場小屋色調斑斕。

多姿多采的浴場小屋呵，
一幢是一顆光閃閃的金剛鑽！

你看那座屋頂直瀉地面，
上面像長滿許許多多複眼。
是走進了彩色的綺夢？
是走進了多變的魔幻？
是走進了古老的童話？
是走進了前鋒的畫苑？
看海濱浴場小屋的後面，
聳立是火柴盒式大賓館；
夢幻和童話失落於現實，
頃刻間兒童變成了老漢。

難料

礁石屹立在海上，
我佇立在礁石上；
從四面八方湧向我的，
是團團後浪簇擁著的前浪。

它們是都在為我歡呼？
它們是齊聲為我歌唱？

抑或是心懷叵測：伺我
何時自覺不可一世，
立即把我吞噬？

藍色

為什麼海是藍的？
就因為她拒絕

藍色的進入，
海，才是藍色。

浪花潔白嗎？
白只是七色的組合。
它不但染有多色
還蘊藏著許多垃圾。

眼見為真嗎？
更看得透徹的
不是眼睛，而是
心靈的折射……

雨後

飄過一陣輕雨
輕雨替海沐浴
風停，海也安靜了

平添了一份端莊沉鬱

真是「潤物細無聲」
連海也需雨的化育
海微皺起她的眉梢
有許多沉思在那兒凝蓄

如今她穩重地踱著步
不再炫耀滿身金珠寶玉
成熟的海告別了一個時代——
陽光下的輕浮少女

如霧

一

紅紅的花
綠綠的樹

藍藍的海
礁石如堵
黃黃的沙
風揚如罟
你淡紫淡紫的衣裙
如霧，如幕……

二

風吹花
花動，嬌美
風過樹
樹搖，似醉
風催海

浪飛，又墜
風撼礁
礁靜，如睡
風揚沙
沙起，欲晦
風捲你衣裙
衣裙舞，有金花在我心秀穗

訴說

夜已深，海濱悄靜
伴夜海沉沉
除了你和我
四顧無人

握住你的小手
你倚在我身
是不想驚碎靜夜嗎
——默默不作聲

此刻，只有不肯安靜的海浪
輕輕拍岸不斷微吟
我滿懷溫情的心
在向你絮絮訴說不停……

——一九八六年七月六至九日，青島

峽口

風箭在呼嘯迴旋，
峰陣正錯雜簇擁，
滔滔黃水渦流湍急，
綿綿思緒斑斑如虹。

「萬壑赴群山，衆水爭一門」：
我們在哪個門口相逢？
目光接目光，心靈通心靈，
空間悄然消失，時間驟然凝凍。

呵，凝凍的目光怎能消融？
永恆就是這瞬間倥傯。
萬語千言都匯作無聲，

充塞山嵐霧氣茫茫中。
像江上相向而過的船：
你往西，我向東，匆匆！
峽風、渦流、青天、危峰，
難忘呵，情之所鍾！

——一九八六年，長江輪上

邂逅

一道霞光，翩躚
閃現在沉鬱的天邊，
低垂的蓁首，令人魂牽。
凝凍了——是我心弦？是時間？

你是尖荷？秀色娟娟，
定格，我兩汪燃燒的潭面；
是靦然嬌笑嗎？微嫣，
溶化我冷寂已久的心田……

——一九八六年十二月十八日，天津

紫色

紫色——
淡淡的，
鑲著陽光，素裹？

不，亭亭聳立
在紫色之上的
是花朵
映粉靨玉琢……

流出憐，流出笑，
欲飛，欲飄，
空氣中充滿了私語，
縱使周際靜悄悄。

紫色

呵，我知道，
在我夢裡無波無濤
只會有紫色的河
流淌，像輕綃……

當紫綃般的河
從我夢中流向迢迢
在你的夢中
可會為他搭座橋？

——一九八七年三月一日，天津

巫峽情

你合攏又開啟，
你敞懷又掩閉，
透過蟬翳紗幕，
你似嗔似喜。
呵，哪是娥眉？哪是秋水？
我在苦苦尋索中沉醉……

越關塞，度峻嶺，
過劍門，涉巴水，
卻不料還是錯失了
魂夢所寄的巫山神女。
過盡千帆皆不是，
雪濤飛堆我滿臉淚水……

——一九九三年四月，長江輪上

又是金秋

又是金秋，
又是驕陽爛漫；
又是金秋，
又是天高雲淡。

忘不了那宮墻綠瓦，
忘不了那黃花燦燦，
忘不了那呢喃細語，
忘不了那心連手攙。

為何匆匆便爾離去？
為何空遺花事闌珊？
為何難覓昔日笑靨？

為何讓我夢縈魂牽？

一年流失復一年，
又是金秋——金秋，哪堪！
冬寒過後仍是冬寒？
——心未冷，意已亂……

又是金秋，又是金秋，
驕陽爛漫，天高雲淡。
何日纖纖素手，
溫暖為我送還？

——一九九三年，天津

題青海湖前照片有寄

青海，金田*
天藍，雲淡
都與我同在，譜成
一曲爛漫

苦樂，酸甜
愁喜，悲歡
皆緣你繞纏，誰解
心結千千

——一九九八年七月十六日，青海湖口占

* 照片近景為青海湖前一片油菜花田。

題青海賓館飛鳥雕塑前小照有贈

高原之上有高樓
高樓試與天比高
碧藍雲天襟懷坦蕩
鳥兒奮翅欲干重霄

人在高樓之下遠眺
情思邈邈九天逍遥
天涯豈不有若比鄰
萬里咫尺可論神交……

——一九九八年十二月，天津

企盼

或人默默懷舊
長日如年怎度
落花門前獨立
無盡企盼難數

青鳥何欠殷勤
苦恨縮地乏術
鴻雁遲誤失路
脈脈此情誰訴

——一九九九年三月，天津

有懷

往時的路燈仍幽幽，
道旁的橘紅還處處；
當日覺隔路如隔星河，
星河猶得一年一渡。

袋中尚有纖纖素手在握？
半空又是亂瓊碎玉飄舞；
此情待憶何堪消受，
更兼獵獵寒風迎面相撲……

——一九九九年三月十四日，天津

徐有守詩

第一輯

祝福

看蜜樣甜美的春天已隨今日來臨
滿園的桃李滿地的草茵重又如昔
願軟軟的薰風吹得更濃更膩
拂醒我童年捉迷藏的好夢依稀

願耀眼的杜鵑花燒紅了青山重重
偕我年輕貌美的戀女在郊野留下雙雙印蹤
願她問我海有多深春有多長
羞紅了耳根偎倚我的胸前細數我跳動的心房……

願我們有一所清淨明潔的茅屋
窗格上糊了透明的白紙我們談笑自如
願我們永不知道會有離別各西東

有如輕盈的柳絮永遠伴隨著春風
願春日永在青春長駐
像春水一樣悠遠我們愉快幸福
願日子過得像一個個跳躍的波浪
那樣活潑那樣明澈地奔向海闊天空

願天真不更事的孩提今年成長
不對別人傾訴新的煩惱和怨恨
願老人額上的皺紋消隱
驚訝世界竟會變得這樣綺麗如意

——一九四五年初春於吉水太史第自宅

春日小酌

請別笑我兩頰緋紅像桃花
今天你我都有幾分醉意了
心頭的話語猶如席上的酒杯
忽而盈滿忽而又空虛

檐頭有輕盈的小鳥唱歌
階前楊柳搖擺著細腰
邀來陣陣和煦的春風入座
帶給我們衣襟以芳香
試抬頭望一望門外
重重青翠的遠山與白雲片片相接
燕子在池塘水面雙雙剪春波

為何你蹙著眉撐著臉頰呢
背後園子裡還有桃紅李白
和金黃耀眼的菜花
有叫得格格撩耳的青蛙跳過籬笆
追逐嬉遊尋取歡樂

你我都正好是揚鞭意豪的年歲
美好的春天卻不曾帶給我們一穗迷人的花朵
如此溫暖平靜的春日下午
我們縱酒卻不曾高歌
年輕的心情如此善於變異
猶如醉人的春風令人歡愉又令人煩惱

你看懶散的陽光不知已在何時慘淡了
院子裡空留下一片寂寞與蕭索

——一九四五年二月於故鄉吉水太史第自宅

帶著笑容和酒

讓我們向林蔭茂密處走去
讓我們和他們遠遠離開
也和那些叫囂與詭辯離開
我們不用那討厭的行裝
就讓纍纍的花朶做我們的衣裳
也不要攜帶重累的金錢
芬芳的和風與明媚的春色已夠我們飽餐
走啊！我們壺中有酒臉上有笑容
清淺的溪流映照我們眼眸的神彩

——一九四八年八月，牯嶺

今天啊！祇有今天！

今天啊！祇有今天
我還這樣英俊少年
今天啊！祇有今天
我還健康愉快
時已深夜仍和妳對坐絮絮談天

今天啊！祇有今天
我還愛花朵和衣裳
今天啊！祇有今天
我還常常哭泣或歌唱
願用我寶貴的生命去換取片刻的瘋狂

明天啊！明天
那陰暗的夜，那十二月的黃昏
我們這些偶聚的伯勞和飛燕
含著淚水各自分散
或將葬身於嚴冬的冰層

舉杯啊！請高高舉杯
忘卻那些世俗的榮耀和金錢
舉杯啊！請高高舉杯
杯中浮溢著我們的生命和青春

狂歡啊！讓我們狂歡
鄙棄偽善和謊騙
狂歡啊！讓我們狂歡
一切都像泡沫樣空幻和短暫
狂歡啊！讓我們狂歡

還有什麼過去和明天
狂歡啊！讓我們狂歡
緊緊地擁抱著今天

今天啊！祇有今天
鮮明地搖幌在我們眼前！

——一九四六年，南昌

寂寞夜歌

今夜
我不願再修整儀容和衣裝
今夜
我在這昏黃小室中巡逡徬徨

往昔的豪語和壯闊的笑聲
像飛鳥那樣杳冥逝失
昨日的花朵也自衣襟上凋落

還想編織一幅誘惑的好夢麼
如我一般年輕的朋友都在聲聲歎息
沉重地震動了薄薄的板壁

一切企圖都在今夜變成煩惱和憂傷
窗外有一片黑暗的夜色
曚昧中難辨哪兒是青翠哪兒是枯黃

我們都欠缺足夠的世故
用生命換取虛榮
用青春購買愛情
用金錢尋找歡樂
曾經委棄了無數美好的時光

今夜
雖然我依然年輕
卻有一雙寂寞而孤獨的眼睛

——一九四五年冬，南昌

愛情

愛情是一個邪魔
終日終夜躲藏在人們的耳角
待你初次懂了心跳的秘密
立即溫柔地細聲告訴你
「這就是生命的意義」
然後又迅速棄你而去
直待霜雪蓋滿鬚鬢
皺紋佈滿你的額頭和臉頰
像一陣風似地吹過身邊
她帶給你的祇是一聲輕微的歎息

——一九四五年冬，南昌望城崗

給傷心的玫瑰

傷心的玫瑰
妳的芬芳和嬌豔依然如昔
今夜卻是他最後一次徘徊在妳窗前

從今以後
妳將不再看見那個失神的鬈髮少年
雖然他心裡仍然暗暗對妳思念

從今以後
他將不再來偷聽妳的環珮
雖然他心裡仍然時時盪漾著妳溫馨的呼吸

別再因為耽心夜風而緊扣妳的窗扉
別再害怕小蟲亂飛而讓窗簾低垂
妳不再會有偶爾的驚訝了
也不用再讓妳的燈光遲遲關閉

傷心的玫瑰
他今夜對妳沒有一絲怨恨
妳也不用對一切深自追悔

他今夜就將離去
他來到窗邊誠摯地默祝妳康健
他從此和妳海角天涯各異
他的心兒和影兒卻依舊時時迴繞在妳身邊
他朝朝憶念妳光彩的長裙
夜夜夢迴妳秀長的手臂
他的心依然日日為妳沉醉
他的熱情也永不會消褪

傷心的玫瑰
今夜，他眼中含著熱淚
心頭充滿歎息

——一九四五年九月別吉安

相忘歌

不要說游雲飛遠了便會忘記了家
不要想春深落英是因為厭倦了枝枒
把妳溫濕的手帕兒在指尖上捲緊
唱一曲什麼歌罷
並請在我的衣襟上
綴一朵鮮麗的花

我們原是相依為伴的雙帆
孤寂行駛在急風悲歎的海上
花之島嶼
芳香之島嶼
夢之島嶼
都被我們無情遺下

相忘歌

要凄鳥做使者寒雁為嚮導
鼓脹風帆去向看不清的茫茫那方

請彼此把殘破空虛的情感棄於深海埋葬
分開方向分開行駛眼瞳裡吐出火焰
雖然最終或將無聲地殉亡

把雄心委於塵土
把生命交給平凡
一切都像一張白紙一樣平淡潔淨無瑕
不要再問自己記憶呢還是忘卻
今日的凋謝將是明春的繁華

——一九四五年十二月，南昌

婚禮

大家都說這就是婚禮
大家都說好熱鬧的婚禮啊
紅豔的流蘇和彩緞火辣辣地掛滿廳堂
更用音樂和喧囂交織成屋裡屋外的混亂
還用巨大的花燭
點亮了青春的火燄
還用喜洋洋的笑聲
歡奏生命的角笛
還用簇新的裝飾
散佈快樂的氣氛
他們說
這是生命的光榮啊
每個人都至少有一次的光榮

婚　禮

新郎新娘出來了
分由二男二女近乎倚偎地扶著
好俊俏的美男子
好嬌豔的麗姝
一個臉上洋溢著光彩的微笑
一個眼神卻假裝得那麼莊重
像演魔術一樣地牽牽扯扯
依照世俗安排好了的樣式
他們依葫蘆畫瓢地行禮
神氣扮得多麼像啊

等到第二天
太陽來叩開了他們的窗門
大家就說：「這是一對夫婦！」
他們倆自己心裡也愉悅地說
「我們是一對夫婦！」

他們倆開始做人
他們倆開始準備做父親和母親
幾年後
他們倆要用那種被稱為善良的方式
去教育吵鬧不休小不更事的孩子
直到孩子長大
相同的光榮忽然也在他或她身上降臨

啊！是的！這就是婚禮
世上所有的人似乎都了解得這麼深
多麼令人驚訝的一套魔術
雖然鄉村裡的老話說
「看魔術的是瞎子
演魔術的是瘋子」
魔術卻果然這樣有趣引人
演員永遠也沒有下台的時辰
直到他們最後一口呼吸

而今天他們要演這樣一齣戲法
戲法的題目就叫婚禮
那一對新人心底都暗自歡喜
「我們結婚了！」
臉上似乎還閃耀著真正光榮的彩輝

——一九四六年三月，南昌滕王閣畔

枯樹

深秋的黃昏瀰漫一片暮靄
繚繞寂寞和悲涼
淒清的晚風送來生命凋萎的聲音
焦黃衰敗的葉子上有最後的淚痕

空悵著茫然的眼望著世界
還伸出瘦骨嶙嶙的枯老手臂
向天空招喊
雖然誰也聽不見他在招喊什麼東西

他招喊的是那業已逝去的青春和夢幻
因為今晚西天的雲彩再也不對他投半個媚眼
他想哭也擠不出半滴眼淚祇有徒自傷心

枯樹

他的葉兒已經落盡生命已垂凋零
遠處遲鈍喑啞的鐘聲
憂鬱地傳來又憂鬱地消失
蒼老的古鐘，不曾見面的朋友啊
唯有你才是他今日親密的知音

——一九四一年，故鄉文峰山下

祖父吹著煙圈兒

「它像天邊的雲霞，
又像含苞的花朵，
它在奔跑，一個追逐一個，
看罷，孩子！多麼有趣啊！」

「不，它像故事，
大大小小變幻無窮！
它像夢啊！爺爺！
還像是飛著碧青柳絲的河畔，
呼啦的春風！」

「別想得那麼飄渺罷，孩子！
別想得那麼糊塗。」

「讓我追過去再吹一口！
讓它紛紛消散得無影無蹤！
咦，它像是什麼了？爺爺，
它一定會哭！」

「孩子！它不會哭，
變來變去它注定是要變成一個空。」

「那麼，爺爺！
您可會哭？」

——一九四八年八月，牯嶺

悼念

——給我逝去的二哥

我看不見你了
即使你不停地揚手
即使你走走又回顧
我乾枯的雙眼再也流不出一滴淚
也不張大眼睛茫然尋望
去罷！安詳地散著步
當作向一個夢
或是去採摘一朵花……
……黑夜來了
我垂下我的頭
揉擦我年少卻已蒼老的眼眸

——一九四一年四月，吉水西坑村

新秋庭院

掠過了多少蒼鷹
飛逝了多少白雲
留下千萬個繁密的小星
任你向窗前數到天明

秋蟲是愛曠野的
但也愛狹小的院落
躲在芭蕉下的雨聲中
奏著搖曳的歌曲

看不厭的太陽和月亮
是那麼靜寂而小呢

矮而淡的遠山
更像玩世的老人
院子外面也有清晰的更鑼
明亮的流螢

——一九四一年立秋日，故鄉太史第自宅

博愛的小樹

博愛的生命是一株年輕的小樹
綴滿了鮮花
在豔陽萬里的田野
花葉芬芳而茂密
迎著微風
像盈盈舉步少女的搖曳秀髮

願每個旅客都經過樹下
讓疲勞的身子獲得片刻休暇
願他們酣暢地睡眠
享受一個舒適的夢
然後起來拍拍衣襟上的塵砂
報以一聲讚美或一個微笑

最後把小樹永遠忘懷

在明朝的寒露中
在今夜的冷風裡
樹上的花朵或已凋謝
埋葬在寂寞的泥底下

——一九四九年四月底，廣州沙面

青原山之夜

是絶緣於溫暖圈子外的
飄泊在茫茫無邊災難的海上
風雨不斷襲打著
灰色的破碎小帆……
讓驚濤和險浪盡情地吼叫罷
我們有男性的夢想和男性的臂膊
希望的眼色閃著火光

一連串晦暗的歲月
災難磨亮了青春的光輝
寂寞和痛苦交織著的
無數個夜已經逝去
月亮曾映照我們冰冷的淚光

今夜的月亮還沒有出來
青原山的夜空如此陰沉
塊塊黑雲像要從頭上塌落
巨山像尊尊的怪獸伏在腳下
混糊而不可看清
滂沱大雨後的山泉
沖擊著岩石發出昏濁的聲音

而道路，我們尋找的道路
從茫茫的煙霧中伸展出去

各人有自己的遭遇
天下的幸運都是相同
災難卻帶給各人不同的悲劇
今夜的青原山下
有一千個給炮火的浪濤捲出來
流浪在這人間的邊緣

青原山之夜

一千個苦難的孩子經歷了各自不同的悲劇命運
但懷有同一個夢想
追求彩豔的黎明

今夜這麼長
我從黑暗裡爬出來
參加這生死的搏鬥
黑夜終將消逝

我的情感像萬馬奔騰了
因為我想像到明天
晒得我出汗的陽光

——一九四四年秋暴風雨之夜，吉安青原山下

我們的船戰鬥在海上

不要害怕！請把手上的繩索拉緊！
不要呼喊！在這遼闊的海面，
讓驚天動地的暴風雨來罷！
讓它殘忍急遽地淋打我們的頭髮和背脊！
祇要我們的繩索不斷，風帆不破散，
祇要我們的舵把穩，方向不錯誤，
讓它無情地向我們展開猛烈的襲擊和圍攻！
祇要我們眼睛明亮，
向著遠方，
仍然閃爍著尖銳不變的光芒！

好兇惡，好殘忍的驚濤駭浪！
震盪在這煙霧茫茫無邊的海上……

它們狠毒瘋狂地向我們沖擊，
一次，一次，又一次地要把我們顛覆；
它們現得多麼冷酷，臉上沒有一點血色，
又多麼傲慢，周身沒有溫暖，
它們滿嘴吐著痰沫，呼啦呼啦不停地咒罵，
它們還多麼陰險啊，在那鐵青的透明臉孔下，
包藏著萬千毒蛇惡魚，萬千尖礁巨石！

無恥的暴風雨又來了！帶著驚雷閃電，
威脅地恐怖地在我們身邊馳繞奔吼，
帶著千軍萬馬，它從遠遠的海的那邊，
嘩啦嘩啦地潮湧而來，
對著我們的船身橫衝直撞，
對著我們的船身掀起軒天巨浪……
可憐的，孤苦伶仃的我們，
苦苦地撐著一角白帆飄浮在這海上！
船身雖然龐大而且堅牢，

卻仍然被巨浪掀起，拋擲在空中！
幾乎就要顛覆，
在暴雨急風中旋轉飛舞！

可憐的朋友，你竟然昏厥過去了，
你這年輕純潔沒有經歷過驚險的孩子！
我撫摸你的心臟正在急劇跳動，
現得多麼脆弱！
可憐額前爬滿了憂患的我啊，
也感到痛苦，感到周身筋疲力竭！

現在，暴風雨過去了，
我們看見了明媚的陽光，
壞日子決不會久長，
患難雖然窺伺在四周，
等候時機捲土重來，
我們終將幸福快樂，

除非我們落下了帆失去了方向。
陰雷和閃電還在遠天飛滾，隆隆不絕……
波濤還在搖撼澎湃！
善良純潔的意志比兇惡更堅強更永遠！
我們可愛的木船曾經越過千萬驚險。

不要亂！請把手上的繩索拉緊！
我們的繩索堅牢可靠，
就像我們的意志一樣；
請把風帆張揚得更開，
我們的風帆就像我們的理想一樣潔白純真。
放心！方向在那裡，舵在我們手上！
指示我們一條正直不變的道路。
歡呼呵！看那邊海燕一對對一雙雙飛來了！
陽光散滿了海面……

給我們帶來了更豐富的生命和更光輝的青春，
他們繞著我們翺翔繞著我們歌唱；
伴著他們的熱情和鼓舞，
我們要繼續戰鬥！穿過這艱險的海上！

我們決不畏懼，決不停止前進，
漫天的風暴和海浪已無法把我們埋葬！
我們今日決不放棄片刻戰鬥的時光，
我們手攜著手肩比著肩，
愉快高歌在這千古不破的木船上……

——一九四四年秋於青原山

牽牛花

不屈不撓的
堅強的意志
透露紫青色的
希望的光輝
開一朵完整美好的花
在破爛枯焦的瓦礫堆上

劫後的園林祇剩下一堆灰，一片黑
腐臭掩沒了黎明帶來的清香
誰還忍心停步摒息佇立凝望
八月的荒草敗絮殘磚斷瓦擠不出半滴淚水

你，牽牛花

今天都還在和豔陽比賽
東邊山上彩霞掩擁，紅光似火
西邊籬笆飄飛著你片片紫色彩裙……
「看誰起得最早最美麗！」
始終漲溢著希望和安慰

——一九四五年八月，日閥敗逃過境後於劫後故鄉

第二輯

飄舞的彩裙

那五色繽紛的片片長裙
在亞熱帶豔陽下閃著光彩
在臺灣海峽吹來的暖風中柔和飄飛……

多少人曾經為迷人的長裙凝眸
終於癡癡地陶醉
它們像是夏日晨風中千萬開放的五彩花朵
含著微笑款款飛舞，那樣溫柔多情
我像幻夢一樣地看見
長裙上彷彿也有瑩澈嬌媚的眼睛
猶如春日明潔的小池
包藏著青春、希望、幸福和生命
充滿了快樂和生機

少女的雙眼裡閃耀著歡笑
帶著亞熱帶女郎特有的火般熱情
深情地靜靜凝視著你⋯⋯

彩裙飛舞凌風
散佈陣陣芳香
散佈朵朵奇異迷人的春夢
有浪漫味詩章的夢啊
對我呼喚，喚醒我已失去的年華
使我頓然甦醒而躍起
宣稱這世界原來處處都充滿了青春
宣稱這世界原來處處都耀耀著光輝

是什麼時候
我從苦難中悄然走到這裡
使我忘去往日的慘痛和身世的悲哀
不自覺地走過了十二月寒冬來到這蓊鬱的花叢

使我伏臥在青嫩如茵的草地上獨自沉思……
我腦際又浮現了童年的希望和幻想
仍然一如往日生動而充滿光芒
我也再度清晰地看見
有一天，我浪漫的生命將會毀滅
在一齣羅蜜歐式壯烈的悲劇……
唯有那，才能賜給我真正的安慰和幸福

熱情的，活潑的，年輕的姑娘們
今天，在這寬敞明淨的窗户下
我一聲不響地睜著雙眼靜靜凝視著妳們
一個又一個在那婆娑椰影下擺動著光彩耀眼的長裙
像波浪似地柔和，一陣又一陣……

——一九四九年十月，員林

小木屋之戀

在婆娑的樹蔭下
在靜謐的街巷旁
有一所雅潔的東洋小屋
彷佛是在一幅風景畫裡
圓的窗户，綠的欄杆，旁邊斜倚著一個
衣衫修潔的豔麗少婦
我曾經不止一次對它感到驚訝
享受這仙境裡的一角小窗
在人間
是誰有這幸福

我曾經多少次放浪浪漫詩人的幻想
祇願有一所樸素而雅潔的

糊著透明白紙窗户的小屋
伴著我終身親熱的戀人，摒絶人世
享受這自認為幸福的短暫一生流光
我要讓我難以委棄的雄心壯志埋葬
也要埋葬那欺世的僞善和倦人的塵俗
在我那終年溫暖如春的小房
因為它充滿了潔淨的空氣和陽光

樸素的小木屋，帶著感激的心情
今天我總算能夠伴著你
度過每個黄昏和早晨
雖然你現得那樣平庸和卑微
但卻日夜給我溫馨和安慰
你經常側耳靜聽我這流浪漢的歎息
當我懷著深憂用那衰弱的手指
輕輕叩撫你的窗檽
你也曾經沉默地給我輕撫

當我垂頭幽邈深思……
我不追憶過去身世的憂患
對這悲哀的人生，也從不存半點企望
我雖然糊塗而善忘
但心境卻仍然不能健康
我因淚盡久已不再哭泣更難縱情歡笑
偶爾高歌縱酒
酒杯裡也映出我靈魂的憂傷

去向誰傾訴那無法避免的生命苦惱
像個中世紀的詩人
請你把我關閉
倦臥在清涼的榻榻米上編織我的夢想
或是穿了睡衣燃著煙捲在室內低頭徘徊
或是站在寬敞的窗邊默然眺望遠處風光
我愛你，愛你那一縷明潔和幽靜

雖然你從不曾對我有過一句話語
我愛你，愛你寬大的胸懷
容受我偶爾糊塗的歡笑或誠摯的眼淚
容受我這頹唐荒誕的生命
你用沉默的深情表達與我共鳴
有了你，就像重又有了我那辭世已久的母親
每當我把門兒關閉就感到滿意
因為你使我把一切忘記又把一切想起
有誰還能像你這樣了解我真正的心境

簡單的，平凡的，幽雅的小木屋啊
我依依不捨，對你有無限愛慕和留戀
我真希望有一天
能讓我的面目和靈魂宛然像你……

——一九五〇年四月卅夜半，在員林居所

陽光啊！請妳別走開

豔麗的陽光啊
請別害羞地走開
伴同我們漫步在這明媚的田野

我們半瞑眼睛緩行
我們半瞑眼睛唱歌
田野四圍湧起了一片歡樂
是鳥鳴還是流水
或是微風在和相思樹低語

迷人的景色啊
妳使我們清醒又使我們陶醉
妳使我們捐棄了今日又珍惜今日

陽光啊！請妳別走開

妳使我們忘記了生命又想起了生命
妳使我們荒廢了青春又充實了青春

豔麗的陽光啊
請別害羞地走開
伴同我們躺臥在這綠草如茵的地面
讓我們在明媚的景色中溶化
也讓明媚的景色溶化在我們心胸

豔麗的陽光啊
請別害羞地走開
伴同我們漫步穿越這倦人的塵間……

——一九五〇年初夏，臺灣彰化八卦山相思林漫步歸來

尋覓浮世的扁舟

那一天我忽然化身為蝴蝶
輕盈，自在，已無所企求
像流水輕舟，這廣闊的世界
聽憑我翩翩雙翼處處遨遊
翻越了翠峰重重
斜御著碧波萬里呼呼的海風

穿過歌聲，穿過哀歎
穿過冬夜的寒冷與黑暗
繞過花園，繞過夢幻
繞過這渾濁倦人的塵間
我的翅膀潔白如風帆
載我去尋覓那浮世的扁舟

尋覓浮世的扁舟

我隨著一陣清風
翩翩舞入一個山谷
花朵繽紛，枝葉扶疏
亮麗著笑臉齊向我歡呼
歡呼啊！青春！我愛妳醉人如美酒
我也愛白雲如絮行步悠悠
千萬個星宿全照在眼底又全拋棄

我不曾久久停留
我的身體渺小而清秀
我的神采是一彎清澈的溪流

世界啊！我忘記了你！
世界啊！我對你已無所需求
什麼話也不再說了
祇吹著口哨去尋覓那浮世的扁舟

——一九五〇年春，日月潭

心頭有隻小麻雀

那天我偶然在花園裡走過
枝頭翩然飛來一隻麻雀

我常用微笑來掩飾對塵世的厭倦
也用忙碌來壓縮心頭的慵惰
沉默已不再抑制我火樣的熱情
祇因為她的身影朝夕在我心頭跳躍

小麻雀！小麻雀！
世間要是有春天妳就是春天的花朵
生命要是像逝水妳就是逝水的源頭
我如果是游雲妳就是游雲的歸宿

——一九五三年十月，臺南市

我想送妳一束玫瑰

我想送妳一束玫瑰
手拈著玫瑰，夜夜在妳窗下徘徊……
雖然妳的窗户緊閉，窗簾低垂
我夜夜在妳窗前吹著口哨憂鬱

我想送妳一束玫瑰
夜夜在妳窗前老樹下深思
寂寞地仰頭細數天上繁星
直到露珠潤濕了我的頭髮和衣襟
還戀戀不肯歸去
我歎息茫茫偉大的宇宙
為何忍心不替我早早送個訊息
就說有個鬈髮癡情少年

朝朝夕夕祇想送妳一束玫瑰

我想送妳一束玫瑰
自從第一次看見妳到如今
幾次都想偷偷把它在妳窗欄放下
讓妳清晨突然發現
驚訝地久久猜不出它的來歷
但卻又怕妳怨我冒昧

我想送妳一束玫瑰
我將驕傲於妳這美麗的少女
肯接受我這束玫瑰
我要把它獻給妳那多愁的靈魂
它將會助妳快樂，給你安慰

我想送妳一束玫瑰
因為它就是我完整的生命

它蘊藏有我純潔的心靈
也有芬芳的熱情
這束玫瑰將永不會枯萎
祇要妳朝朝夕夕都給它滋潤

——一九五三年，臺南市

斗室戀歌

再見了，親愛的小房
從今天起，將和你遠離
我像一個沿門托缽，跋涉長途的僧侶
孤寂地攜帶破爛衣被
飄泊在這茫茫的人海裡
兩年前飄泊到你身邊
把我的身子暫時拋寄
我的心情冷淡如水神志枯槁如灰
原祇想喘一口氣飲一杯水
像對整個世界一樣
對你亦無所希冀
我祇是人生迢迢長途上一個無目的地的旅客
從不去想生命會結束在哪裡

我又是這渾沌宇宙中的一粒微塵
遲早終將化滅消失在曚昧無光的煙霧裡

你啊！我親愛的小房
光光四圍，孤寂得就像荒涼廟宇
窗前松枝的幢幢黑影終夜悲鳴
昏黯中有幽微的淡光灑落在灰褐色的四壁
就在這裡我把身子暫時拋寄
我在這世上早已失去了親娘
也從不曾有過真心熱戀的女郎
夜夜披著涼月回來深深歎息
朝朝又繞室徬徨
祇有你，用沉默來安慰我的惆悵

我有時也會關閉門窗沉睡終日
翻頭醒來又斜倚窗門靜立
悵然吐著煙圈，一陣又一陣

我站在窗邊用孩子般癡呆的眼睛
凝望暮靄慢慢濃密
清冷的風兒斜斜地吹來幾根枯黃松針
就這樣我常常沉思夢想
待驀然醒來卻又不知想到了哪裡

啊！親愛的小房
你曾經賦予我多少幻想
千百次我在腦海裡描摹著種種形象
到最後也許祇用一聲歎息來結束那份嚮往

我常愁悶地悵望灰色的蒼穹
或是呆呆傾聽遠處悲涼的夜笛
我有著無比的痛苦和寂寞
常聽見生命在遠遠呼喚著我
而我無法向他走過
我瘋狂時滴下淚珠

安靜時浮著淺笑
這一切，我都祇有在你這兒躲藏

啊！我親愛的小房
我曾經在你身邊度過兩年的早晨和黃昏
到今天才驀然發現對你如此情意依依
才感到你曾經給我無窮的溫暖和安慰

再見了！我親愛的小房
我又捲起了破衣爛被走向他方
懷著頹唐詩人的絕望
沉沉地深情於苦惱的既往

再見了！我親愛的小房
雖然你曾經記載了我生命裡黯淡的一段時光
我對你卻仍然懷著感激
離你而去仍然滿腔惆悵

——一九五三年九月十日，遷出臺南工學院C舍一號宿舍

第三輯

老榕

千百年的雨打風吹
千百年的寒凍烈日
都靜靜承受
從不曾有過回擊或抗議
也曾偶爾搖曳枝葉呼嘯
卻是為了順從風向為風招搖
從不去侵害他人絲毫

只是不聲不響往下生根
把根枝在地下慢慢展伸
慢到無臭無聲也無跡無痕
讓人以為他的生命已經停息
以至早已對他忽視淡忘

最後有一天
忽然映入你的眼簾
他那龐大的身軀
才使你驚訝發現
竟已柢固根深
枝粗體肥
葉叢青翠茂密
彷彿上帝在一夜之間
悄悄把他往這裡移植
蓄意要你感到神奇

他形貌那麼拙樸蒼老
精力卻那麼旺盛
雖已千年百歲
卻無絲毫驕氣
縱然自知將再活千年百歲
神態仍然那麼隨和平易

老榕

他深深愛上了這片土地
從枝幹上散落下一簇簇鬍鬚般的氣根
親吻地面的幼嫩青草
更與嫩草下的泥土親密互通聲息

多少凡婦俗子
多少販夫走卒
疲勞地來到他涼爽多風的蔭覆下
吹乾渾身汗水吐一口氣
恢復了精力又繼續他們的旅程

曾目睹多少英雄豪傑和風流人物
那種種揚鞭意豪叱咤風雲的神色
都像往日朵朵流雲
至今早已消散得無蹤無影

今天陽光還是這麼美好
花朵依然這麼亮麗
世界似乎靜止不動
完全就像這棵老榕
與千百年前毫無不同

往事已成史迹
萬世流光在剎那間消逝
活潑的孩提轉眼竟成龍鍾
美麗的少女忽然白髮稀疏
江河裡的浪濤滔滔追逐
郊野道路上的車輛奔馳急速
匆匆又匆匆

世事永遠如此匆匆
無論喜怒哀樂或是恥辱與光榮
如今都被時光消融

老榕

只有老榕依然安詳恬靜
一切都默然埋藏心胸
永遠忍耐
永遠曠達
永遠寬容

——一九九五年初夏於南臺灣恆春墾丁

被遺忘的小港

妳的名字是：上帝的偏愛
巧妙融合了質樸與清秀
廣袤山坡上的芳草碧綠而柔軟
豔陽的溫暖手指染紅了岸邊花叢
醉人的薰風送來陣陣芳香
湛藍的港水清澈而平靜
有如畫中默默含情的少女

被遺忘的小港啊
妳雖從未有過一句話語
我卻仍願在妳懷抱裡安憩
借妳的深情來撫慰我倦怠的心靈
沖洗我疲勞的汗水

也消除我心頭多年的陰影和創傷

我的船停泊在妳臂彎樹蔭下
感覺到無限甜蜜
就像嬰兒躺臥在母親懷抱那般安寧
願就此一夢千年
讓整個世界忘記我們
正如我們忘記所有世人

——一九九六年於臺灣東岸海濱小村

飛到妳身邊

因為妳那凝眸一瞥
世上一切都變得蒼白
榮譽、財富、權勢或道德
在妳面前都黯然失色

因為妳面對我時芬芳的呼吸
使我為往昔的錯誤深感歉疚
當幸福靜靜停落在我身邊
竟愚笨到不知將幸福擁有

停下多年辛苦匆忙的腳步
今天喘一口氣縱目回顧
如煙往事只能增添我的深憂

飛到妳身邊

雄心壯志也都已隨歲月付之東流
唯有妳的身影留在心頭

而妳光芒四射的神采
現在竟只能使我時時長嘆
妳無限深情的話語
徒然孕育我綿綿不絕的離愁

想念，一陣又一陣深沉的想念
像石子投落在平靜的水面
激起一圈又一圈波瀾
敲擊我心頭的空幻

凝視妳盈盈含笑的影像
我又會立即心神盪漾
憶想妳輕聲細語的款款神采
更陶醉得忘卻日思夢想的感傷

我屢屢嘆息
生命不過是黑夜天邊的流星
雖然傾注全部生命在暗空畫亮一道微光
仍會迅速就被世人遺忘

人生又像旅途
時而遙遠
時而短促
歲月有如孩童戲吹的肥皂泡沫
那麼空虛又那麼輕薄
一個追逐一個
紛紛粉碎消失
在世間不留下絲毫痕跡

我原已煩倦於這偽善的塵俗
深願遠離世人去隱居深山幽谷

飛到妳身邊

現在驀然又被妳從夢中驚起
情不自禁地沉迷於追憶妳我共同的往昔

妳重新點燃了我生命的火花
使我自己也感到歡喜和驚訝
甚至願意為妳拾起原已棄絶的榮華
也願意追隨妳去海角天涯

想念，深沉的想念
想念，深沉的想念
飛啊！飛罷
我的心像一隻輕盈彩燕飛出我的胸膛

飛啊！飛罷
我的心一直飛到妳身邊
圍繞著妳一圈又一圈
飛個千轉萬轉

然後依偎停歇在妳胸前低聲呢喃

想念，深沉的想念
想念妳的笑容和燦爛
想念，深沉的想念
想念妳萬世千年

今日伴隨我的
只是無休無止的痛苦和寂寥

——二〇〇〇年春，景美溪傍

遙　寄（朗誦詩）

我輾轉反側
不能成眠
在這夜深人靜的時刻
因為想念
想得這麼沉迷香甜

我起身走到窗前
凝視那一片
夏夜灰藍色昏沉的長天
躺在山麓下的小鎮
也墜入無聲無息的夢境
只留下寂寞的萬家燈火
紛紜錯雜地不斷閃爍

恰如那稀疏的繁星
向世人頻頻眨眼不停

在溪旁小小的樓房
我固執地深思細想
妳那婀娜多姿的身影
妳那文雅的儀態
妳那明澈如水的亮麗眼神

妳的輕聲細語
就像小溪裡的潺潺流水
那麼響亮清脆
敲打我的心房一聲又一聲
又像母性溫柔的手掌
輕輕撫拍躺在搖籃裡嬰兒的靈魂
使他舒適安靜
沉醉地慢慢墜入夢境

每當想到妳
我就會神往
我更會陶醉
陶醉得就像飽飲了甜蜜的玉液瓊漿
每當看見妳
我就會怦然心動
立刻變得瘋狂
當妳露出滿口潔白的牙齒
淺淺一笑
我就像觸電
全身突然痲木癱瘓
立刻變成溫和馴服的小羊
忘卻塵世的萬事萬物
也忘卻了憤怒和憂傷

世界原本就這麼美好
卻因為有了一個妳

才更充滿蓬勃的生氣
我滿腔滿懷洋溢著對妳的愛
我要緊緊擁抱妳
狂風似地奔跑到最高山巔
向全世界人類勝利地呼喊
看啊！這就是我美麗的女神
我也要牽著妳的手
飛快去見我慈祥的母親
我要跪在母親膝前歡呼
母親啊！這就是那個使你孩子瘋狂的人
我會請求母親撫摸也親吻妳的臉頰
然後把妳我一同攬抱在她懷裡
祈求上帝
賜福我們永不分離

我想放逐
我想流浪

遙寄

我想攜帶著妳
走遍天涯海角
儘管世人笑我們荒唐
也不必理會他們善意的嘆息
因為我是為妳而生存
妳是為我來到這個世界
那些荒謬與騙人的世俗標準
怎能毒害我倆的純樸與深情

我願拋棄世間榮華與富貴
也拋棄我流汗流淚換來的財富和榮譽
攜帶妳同去一個遙遠的島嶼
那裡沒有村落和市集
遍地只有奇花和異草
香甜的瓜果掛滿藤蔓
空氣裡流動著大自然清新的生機
我們明亮的眸子

映照著藍天晴空萬里
一望無際的大海
以及一個我和一個妳
我們手牽著手
併肩依偎在潔淨的岩岸上
純樸得就像亞當和夏娃
沉默到彼此不需要說任何一句話
我們深情地相互凝視
我們傾聽大海湧起漫天狂風巨浪
陣陣沖擊我倆的心房
我們相知
我們相愛
我們深情相吻
我倆心靈溶成一體
白雲是我們的親人
海鷗是我們的嘉賓
豔陽在為我們作證

遙寄

有時我也渴望
與妳同去那山腳下的村莊
那邊有我們精緻的小屋
四周有枝葉蔥鬱的古樹和茂密的巨竹
爬滿長春藤的紅牆上
鑲嵌著潔淨明亮的玻璃窗户
窗上搖曳著枝葉婆娑的身影
也稀疏地灑落一些細碎的陽光
我倆忘卻了一切
光著腳板漫步在芳草如茵的柔軟泥土上
在繽紛的花叢中隨意徜徉
我們低聲吟唱
山風撫摸妳溫和的臉龐
也飄拂妳光彩鮮豔的長裙
空氣裡盪漾妳獨有的幽雅芳香
我們同去訪問善良鄰居

也去安慰慈祥寂寞的老人
我們快樂地抱吻天真爛漫的孩提
也向每一位遇見的村人揮手致意
內心充滿了誠懇和友誼
我們信步走過一條靜寂無人的古老長巷
斜陽無聲地照射在鋪滿鵝卵石的地上
我們停步佇立
臉頰相親
久久無言無語
不知道內心究竟是寧靜或是空虛
宇宙彷彿已經停止
也忘記了人類、制度、文化、時間和歷史
我感到有一道暖流
在我全身循環奔馳
感謝仁慈的上帝
我的生命竟是如此美滿充實

有時我又會矛盾地忽生奇想
要去拾回原已拋棄的榮華
讓妳看盡人間勢利
要那些塵俗的男男女女
都卑躬屈膝來歌頌妳
我要搜羅世上所有最美麗的鮮花
鋪成一條芳香四溢的長長道路
讓我帶著妳含笑地在這路上緩緩漫步
我要挑選世上最華麗的服裝
一件一件穿在妳的身上
讓妳驕傲地向那些名媛貴婦嘲笑
而且大聲直率地說
「我就是在向妳們炫耀」

我要盡我所能
也盡我所有
來博取妳的歡心

因為沒有妳
我的生命就毫無意義
我來到這個世界
就是為了尋找妳
我願放棄那令人煩厭的尊嚴與顧慮
心甘情願地對妳曲盡諂媚

我內心本來充滿驕傲和叛逆
現在卻不得不
心悅誠服地謙卑
景仰偉大的上帝
以祂神奇的手
美妙地塑造了一個妳
使我由衷嘆息
我願跪倒在上帝座前
真摯地感恩
兩眼流下滾燙的熱淚

遙寄

我生命裏的情人
妳萬般風情
妳一行一動
都像春日溫煦的和風
那麼自在輕盈
每每使我屏聲靜氣
我現在就想化身為蝴蝶
振動彩色鮮明的雙翅
翩翩飛到妳的面前
不停地翱翔
把妳圍繞
把妳圍繞
直到疲勞萬分
睏倦地歇息在妳的衣襟
我也願化身為一朵小花

佩綴在妳青春脹溢的胸前
永遠依偎著妳
靜聽妳心靈的微言
沉醉於妳芬芳的氣息

我常常這樣那樣左思右想
有時痛苦有時甜蜜
現在夜這麼深沉
我卻只能坐在窗前
癡癡地想念妳的神情
不知道現在妳是在夢中
或是也在深思
妳是否聽見
我在這裡輕輕地呼喚妳
一遍又一遍
如果我是浮士德
我會立刻飲下那美妙的藥液
化身為愉快忘形的風流少年

像一陣旋風
立刻就飄落在妳身邊

我心頭有千言萬語
要對妳絮絮不停訴說
縱然是地老天荒
海枯石爛
宇宙已不存在
我仍然會繼續訴說對妳的癡愛

溫柔的情人
妳能否給我一點訊息
就說除了今世
我們還有來生
我們都會永遠相聚

我現在繼續生存
只是因為世上有一個妳

無論妳是牡丹或是薔薇
我都願把我的肉身
埋葬在肥沃的泥土下
用我的鮮血、淚水和熱腸
來滋潤妳永遠燦爛的青春

——一九九六年夏於美國加州聖馬迪阿市

〔附錄〕

徐柏容主要著作目錄

1. **原野之流**：小說集，十二萬字，四友實業社文化部，江西泰和，一九三九。
2. **新婚之夜**：小說集，十萬字，山城書店，上海，一九四〇。
3. **陽光的蹤跡**：散文詩集，六萬字，花城出版社，廣州，一九八六。
4. **伊甸園的禁果**：隨筆集，二十五萬字，中國書籍出版社，北京，一九九五。
5. **南國紅豆寄情思**：散文集，二十八萬字，百花文藝出版社，天津，一九九六。
6. **棣華詩集**：新詩集（與徐有守合著），臺灣商務印書館，臺北，二〇〇〇。
7. **雜誌編輯學**：學術著作，三十一萬字，中國書籍出版社，北京，一九九一。
8. **書籍編輯學**：學術著作（與楊鍾賢合著），二十五萬字，黑龍江教育出版社，哈爾濱，一九九一。
9. **書評學**：學術著作，二十五萬字，黑龍江教育出版社，哈爾濱，一九九三。
10. **期刊編輯學概論**：學術著作（大學教材），三十五萬字，遼寧教育出版社，瀋陽，一九九五。
11. **書籍編輯學概論**：學術著作（大學教材，與闞道隆、林穗芳合著），三十六萬字，遼寧教育出版社，瀋陽，一九九五。

12. **從歷史走向未來**：學術論文集，三十萬字，天津人民出版社，天津，一九九六。

13. **中國書評精選評析**：學術著作（與伍杰、吳道弘合編），五十五萬字，山東教育出版社，濟南，一九九七。

14. **編輯創意論**：學術著作，二十六萬字，天津古籍出版社，天津，一九九九。

15. **編輯選擇論**：學術論著，二十八萬字，天津古籍出版社，二〇〇〇。

徐有守主要著作目錄

1. **煉獄**：四幕劇劇本，自由青年社多幕劇劇本第一獎，自由青年雜誌社出版，臺北，一九五一。獲文藝獎金會（臺北）一九五〇年獎助。
2. **雙殉記**：三幕劇劇本，文藝獎金會獎助，興文齋書局出版，臺南，一九五二。
3. **荒村之月**：獨幕劇，文藝獎金會獎助，興文齋書局出版，臺南，一九五三。
4. **生之戀歌**：詩集，人文出版社出版，臺南，一九五五。
5. **紅樓夢劇本**：四幕劇劇本（與譚峙軍合編），臺灣商務印書館出版，臺北，一九六六。
6. **藝文沉思錄**：文藝批評集，臺灣商務印書館出版，臺北，一九七二。
7. **道南從師記**：傳記文學，臺灣商務印書館出版，臺北，一九七七。
8. **公務職位分類之理論與實務**：人事行政論著，正中書局出版，臺北，一九六〇。
9. **美國合作聯邦主義論**：政治學論著，臺灣商務印書館出版，臺北，一九七二。
10. **行政的現代化**：行政學論著，臺灣商務印書館出版，獲中華文化復興運動推行委員會學術著作獎，臺北，一九七二。
11. **行政學概要**：行政學論著，財政部財稅人員訓練所出版，臺北，一九七七。

12.中外考試制度之比較：人事行政學論著，中央文物供應社出版，臺北，一九八四。
13.我國當今人事制度析論：人事行政學論著，臺灣商務印書館出版，臺北，一九八四。
14.政治學概要：政治學論著，警察專科學校出版，臺北，一九八八。
15.考銓新論：人事行政學論著，臺灣商務印書館出版，臺北，一九九六。
16.考銓制度：人事行政學論著，臺灣商務印書館出版，臺北，一九九七。
17.考試權的危機：人事行政學論著，臺灣商務印書館出版，臺北，一九九九。
18.棣華詩集：新詩集（與徐柏容合著），臺灣商務印書館出版，臺北，二〇〇〇。

棣華詩集 ／ 徐柏容，徐有守合著. -- 初版.
-- 臺北市：臺灣商務， 2000 [民 89]
面；　公分

ISBN 957-05-1686-0（平裝）

831.86　　89017690

棣華詩集

定價新臺幣 300 元

著 作 者　徐柏容　徐有守
封面設計　吳 郁 婷
校 對 者　許素華　江勝月　江怡瑩

出 版 者
印 刷 所　臺灣商務印書館股份有限公司
臺北市 10036 重慶南路 1 段 37 號
電話：(02)23116118 · 23115538
傳眞：(02)23710274 · 23701091
讀者服務專線：0800056196
E-mail：cptw@ms12.hinet.net
郵政劃撥：0000165 — 1 號
出版事業登記證：局版北市業字第 993 號

• 2000 年 12 月初版第一次印刷

ISBN 957-05-1686-0（平裝）　44020000

廣	告	回	信
台灣北區郵政管理局登記證			
第６５４０號			

100臺北市重慶南路一段37號

臺灣商務印書館　收

對摺寄回，謝謝！

傳統現代　並翼而翔

Flying with the wings of tradition and modernity.

讀者回函卡

感謝您對本館的支持，為加強對您的服務，請填妥此卡，免付郵資寄回，可隨時收到本館最新出版訊息，及享受各種優惠。

姓名：________________ 性別：□男 □女

出生日期：____年____月____日

職業：□學生 □公務（含軍警） □家管 □服務 □金融 □製造
□資訊 □大眾傳播 □自由業 □農漁牧 □退休 □其他

學歷：□高中以下（含高中） □大專 □研究所（含以上）

地址：________________

____

電話：（H）________________（O）________________

購買書名：________________

您從何處得知本書？

□書店 □報紙廣告 □報紙專欄 □雜誌廣告 □DM廣告
□傳單 □親友介紹 □電視廣播 □其他

您對本書的意見？（A/滿意 B/尚可 C/需改進）

內容____ 編輯____ 校對____ 翻譯____
封面設計____ 價格____ 其他________

您的建議：________________

____

____

臺灣商務印書館

台北市重慶南路一段三十七號 電話：（02）23116118・23115538
讀者服務專線：080056196 傳真：（02）23710274
郵撥：0000165-1號 E-mail：cptw@ms12.hinet.net